...ANCE DES MAISONS D'ÉDUCATION CHRÉTIENNE

NOUVEAU TRAITÉ

DE

PROSODIE LATINE

CONTENANT

LES RÈGLES DE LA QUANTITÉ, DE LA VERSIFICATION
DE L'ACCENT TONIQUE
DES NOTIONS SUR L'HISTOIRE DE LA MÉTRIQUE ANCIENNE
ET DES EXERCICES PROSODIQUES

PAR

J. LEJARD

PROFESSEUR AU PETIT SÉMINAIRE DE SÉEZ

PARIS

LIBRAIRIE POUSSIELGUE FRÈRES

RUE CASSETTE, 15

—

1884

PROSODIE LATINE

ALLIANCE DES MAISONS D'ÉDUCATION CHRÉTIENNE

NOUVEAU TRAITÉ

DE

PROSODIE LATINE

CONTENANT

LES RÈGLES DE LA QUANTITÉ, DE LA VERSIFICATION
DE L'ACCENT TONIQUE
DES NOTIONS SUR L'HISTOIRE DE LA MÉTRIQUE ANCIENNE
ET DES EXERCICES PROSODIQUES

PAR

J. LEJARD

PROFESSEUR AU PETIT SÉMINAIRE DE SÉEZ

PARIS

LIBRAIRIE POUSSIELGUE FRÈRES
RUE CASSETTE, 15

—

1884

PRÉFACE

Lorsqu'en 1876 nous avons donné une édition de la *Prosodie de Le Chevalier, revue, corrigée et complétée*[1] , un *Avertissement* préliminaire indiquait les principales modifications apportées à cet ouvrage, qui devenait dès lors comme un livre nouveau.

Des critiques d'ailleurs estimables avaient enseigné de vive voix et imprimé dans leurs ouvrages que les incorrections de métrique, dans Virgile, se comptaient par centaines. D'autres avaient expliqué, par des raisons que nous ne saurions admettre, ce qu'ils appelaient les irrégularités de sa versification. Cependant il est indubitable, disions-nous, que les vers les plus irréguliers en apparence, chez le grand poète latin, suivent des règles fixes empruntées à Homère. Nous avons donné la clef de ces difficultés, et désormais, nos jeunes amis des Muses n'ont plus trouvé un seul vers dans Virgile, Horace, Ovide, Lucain, Juvénal, etc., dont ils ne pussent aisément se rendre compte.

---

[1] La *Prosodie latine de Le Chevalier, revue, corrigée et complétée* par J. Lejard, 4ᵉ édition, se vend en notre librairie concurremment avec ce *Nouveau Traité*. (*Note des éditeurs.*)

La cadence poétique mérite une attention toute
particulière. Nous avons dès l'origine insisté sur
un point qui s'y rattache essentiellement, la *césure*. On appelle ainsi un repos marqué par le sens
ou par une chute agréable à l'oreille, et qui partage le vers en deux hémistiches. Comme ce terme
de césure était employé dans un sens impropre
par toutes nos Prosodies françaises, nous désignions
sous le nom de *coupe* cette division du vers, afin
d'éviter toute confusion. Mais aujourd'hui le moment nous paraît opportun de restituer au mot *césure* son acception primitive.

Jusqu'à présent nous avions cru devoir conser-
ver la théorie traditionnelle des *créments :* elle
nous paraissait commode pour faire comprendre
aux enfants les règles de la quantité dans la déclinaison et la conjugaison. L'enseignement officiel a
rejeté, comme peu rationnelle, cette méthode expé-
rimentale, qui présente, à côté de plusieurs avantages réels, des anomalies incontestables.

En voici quelques-unes : — Mes enfants, dit le
maître, *crément* veut dire accroissement de syllabes
à partir du nominatif : appliquons ce principe au
mot *puer*. Le génitif *pueri* a-t-il un crément?— Oui.
— Quel est-il? Naturellement l'élève répondra : —
C'est la voyelle *i*. — Non, dira le maître, c'est *er*.
— Mais *er* y était déjà! — N'importe, *puer* s'est
accru de *i*, et néanmoins c'est *er* qui est le crément.

La distinction établie entre les créments du

singulier et ceux du pluriel présente de nouvelles
difficultés. Il faut retenir que, dans *virtutes, tu*
est crément du singulier ; que, dans *virtutibus, tu*
est crément du singulier, et *ti*, crément du pluriel.
Enfin l'ancienne méthode, pour la conjugaison,
semble plus défectueuse encore. Les mêmes anomalies s'y rencontrent, et de plus, en ce qui re-
garde les verbes déponents, elle s'appuie sur des
barbarismes : car elle prête aux verbes *imitari*,
polliceri, uti, blandiri, les formes imaginaires
blandis, utis, pollices, imitas.

Pour obvier à ces inconvénients, dans ce *Traité
de Prosodie,* nous avons recours à des termes nouveaux qu'on voudra bien nous pardonner : car ils
nous ont paru nécessaires à la clarté et à la
brièveté ; d'ailleurs, nous ne hasardons aucun de ces
termes dont le sens ne soit exact, conforme à son
étymologie et nettement défini. La méthode que
nous employons consiste dans l'observation des divers éléments qui composent les noms et les verbes,
tels que *radical* et *terminaison :* de ce procédé ana-
lytique dérivent des règles simples et précises sur
la quantité dans la déclinaison et la conjugaison.

Sachant toutefois que bon nombre de professeurs
continuent de goûter la méthode traditionnelle, qui
a, comme nous l'avons dit, ses avantages, nous ex-
poserons la définition et les règles des créments
dans une note spéciale à la fin du volume.

Les articles relatifs aux vers iambiques et aux

différentes espèces de vers lyriques ont été presque entièrement refondus ; et des chapitres nouveaux traitent, avec assez d'étendue, de la versification trochaïque et anapestique. Les élèves qui auront étudié ces. pages comprendront les rhythmes si variés qui se rencontrent dans Plaute, Térence, Catulle, Sénèque, Horace, dans Aristophane, Eschyle, Sophocle, Euripide, et généralement dans tous les poètes illustres de Rome et de la Grèce.

Nous avons revu et complété les principes de l'accent tonique, et l'*Appendice* sur les hymnes et les proses en usage dans l'Église.

Quelques notions historiques sur l'origine et l'usage des vers héroïques, des distiques élégiaques et de tous les rhythmes usités en poésie, seront lues, nous l'espérons, avec intérêt.

Des exercices prosodiques sur les principales espèces de vers terminent le volume.

En un mot, nous nous sommes efforcé de réunir dans ce traité, fruit d'un long et consciencieux travail, les notions nécessaires pour initier les jeunes humanistes à la composition des vers, pour leur faire étudier avec plus de profit les chefs-d'œuvre poétiques de l'antiquité, enfin pour les mettre en état de subir heureusement, sur les questions prosodiques, les examens du baccalauréat et de la licence.

J. LEJARD.

PROSODIE LATINE

━━━━━━◆━━

1. La Prosodie [1] traite de la quantité, de la versification et de l'accent tonique.

La connaissance de la quantité et de la versification est nécessaire, non seulement pour composer des vers, mais encore pour sentir l'harmonie des chefs-d'œuvre que nous ont laissés les poètes de l'antiquité.

Pour bien lire les vers et la prose, il faut savoir en outre les règles de l'accent.

━━━━━━━━━━━━━━━━━━━━━

CHAPITRE I

NOTIONS PRÉLIMINAIRES

2. La quantité est la mesure des syllabes, ou le temps qu'on met à les prononcer.

La syllabe est composée de voyelles et de consonnes qui se joignent ensemble dans la prononciation, comme *ho–mo, car–men*.

Une simple voyelle fait quelquefois une syllabe, comme *a, e–go*.

Les syllabes sont longues, ou brèves, ou communes.

La syllabe longue se prononce lentement, et se marque ainsi –, *vīrtūtēs*.

━━━━━━━━━━━━━━━━━━━━━

[1] *Prosodie,* dans le sens propre et étymologique, s'gnifie *accent,* προσῳδία.

La syllabe brève se prononce avec brièveté, et se marque ainsi ˘, *Dŏmĭnŭs.*

La syllabe commune ou douteuse se prononce dans la prose comme la brève; mais dans la poésie elle est longue ou brève, et on la marque ainsi ˛, *tenĕbræ.*

La versification est l'art de composer des vers.

Le vers est une combinaison de pieds.

Le pied est un arrangement de syllabes longues ou brèves.

On distingue plusieurs sortes de pieds.

Les pieds de deux syllabes sont :

Le spondée, deux longues, comme *ūrbēs;*

L'iambe, une brève et une longue, comme *dĭēs;*

Le trochée ou chorée, une longue et une brève, comme *ārmă.*

Les pieds de trois syllabes les plus usités sont :

Le dactyle, une longue et deux brèves, comme *cār-mĭnă;*

L'anapeste, deux brèves et une longue, comme *pĭĕtās.*

CHAPITRE II

DU VERS HEXAMÈTRE HÉROÏQUE

3. Le vers hexamètre[1] héroïque est un vers du rhythme dactylique[2] composé de six pieds, dont les quatre premiers sont dactyles ou spondées indifféremment; le cinquième est un dactyle, et le sixième un trochée ou un spondée. On l'appelle héroïque, parce qu'il est habi-

---

[1] *Hexamètre* (ἕξ, sex, et μέτρον, mensura), vers de six mesures.

[2] Le rhythme est une modulation formée par une série de temps mesurés. — Le rhythme dactylique est celui où le dactyle a un rôle prédominant (120).

tuellement consacré à chanter la gloire des héros.
Exemple :

Nos patriæ fines et dulcia linquimus ārva. (Virg.)

Scandez :

Nŏs pătrĭ- | ǣ fī- | nēs ĕt | dūlcĭă | līnquĭmŭs | arvă.

4. *Remarque*[1]. Le vers héroïque comprend six dactyles ou
douze temps : chaque longue vaut un temps, et chaque brève
un demi-temps[2]. On trouve ce vers dans les tragiques grecs.
Exemple :

Πρὸς σὲ γενείαδος, ὦ φίλος, ὦ δοκιμώτατος, Ἑλλάδι,
"Αντομαι.　　　　　　　　　　　　　　　　　　(Euripide.)

Le vers *héroïque* n'est autre que le vers hexamètre dactylique catalectique[3], c'est-à-dire le dactylique dont on retranche
la dernière syllabe : le dactyle du sixième pied se trouve ainsi
réduit à un trochée. Le spondée offrant la même mesure que
le dactyle peut le remplacer aux quatre premiers pieds. Enfin,
la dernière syllabe de tout vers étant longue ou brève à
volonté, comme nous le verrons bientôt, le trochée du dernier
pied peut être lui-même remplacé par un spondée.

Le vers dactylique héroïque exige au moins deux dactyles
dans les circonstances ordinaires. Quelquefois cependant on
multiplie à dessein les spondées, pour obtenir une cadence
particulière.

Le vers *héroïque* doit régulièrement finir par un mot
de deux ou de trois syllabes.

Vers spondaïque.

5. Quelquefois on remplace le dactyle du cinquième
pied par un spondée. Le vers se nomme alors spon-

---

[1] Afin de ne pas surcharger la mémoire de leurs élèves, les maîtres
pourront ne pas leur faire apprendre par cœur les notions imprimées
en plus petit caractère. Il suffit de les lire attentivement, comme les
notes mises au bas des pages, et celles qui, plus étendues, sont repor-
tées à la fin du volume.

[2] Quelques auteurs attribuent à la syllabe longue deux temps, à la
brève un temps, et par conséquent au vers héroïque vingt-quatre temps.

[3] Καταληκτικός veut dire *inachevé* (122).

daïque; et, en ce cas, il peut très bien finir par un mot de quatre syllabes :

Cāră Dĕūm sŏbŏlēs, māgnūm Jŏvĭs īncrēmēntum. (Virg.)

Le vers spondaïque est employé rarement : il doit avoir un dactyle au quatrième pied, comme dans l'exemple ci-dessus.

Arsis et thésis.

6. Le vers hexamètre peut, comme un air de musique, se battre en mesure à deux temps. La première partie du pied, correspondant à l'élévation du doigt, se nomme *arsis* (ἄρσίς, de αἴρω, elevo). La seconde, marquée par l'abaissement du doigt, se nomme *thesis* (θέσις, de τίθημι, pono) [1]. Exemple :

```
   a    th    a  th   a  th    a   th   a    th    a  th
Nos patri- | æ fi- | nes  et | dul cia | lin  quimus | ar va.
```

Remarque. — Virgile et les poètes héroïques qui lui ont succédé aiment à faire concourir la cinquième et la sixième arsis avec l'accent tonique [2]. Pour cela, ils font en sorte que la cinquième arsis ne soit jamais une syllabe finale détachée d'un mot. Exemple :

Tityre, | tu patu- | læ recu] bans sub | tégmine | fági,
Silve- | strem tenu- | i mu- | sam medi- | táris a- | véna.

                                        (Virg.)

N. B. — Les jeunes gens devront s'exercer de bonne heure à scander par écrit et à retourner des vers. Dès le début de ces exercices, il est nécessaire qu'ils lisent d'avance et comprennent les notions les plus générales sur l'élision, la liaison des pieds et la coupe syllabique. (V. les nᵒˢ 69-72).

---

[1] En musique, l'arsis et la thésis répondent au signal *une, deux,* du chef d'orchestre. Mais, à la différence des anciens, celui qui bat la mesure à deux temps marque le temps fort en abaissant la main, et le temps faible en la relevant.

[2] Observez que si l'accent tonique se rencontrait, à tous les pieds, avec l'arsis, il en résulterait une monotonie fatigante. On peut en juger par le vers suivant:

Sóle ca- | dénte, ju- | véncus a- | rátra re- | líquit in | árvo.

CHAPITRE III

DU VERS PENTAMÈTRE ÉLÉGIAQUE

7. On nomme pentamètre[1] élégiaque un vers dactylique composé de deux hémistiches ayant chacun deux
pieds et demi. Les deux pieds du premier hémistiche
sont dactyles ou spondées, suivis d'une syllabe longue.
Le second hémistiche est formé de deux dactyles suivis
d'une syllabe longue. Exemple :

Tempora si fuerint nubila, solus eris.   (OVID.)

Scandez :

Tēmpŏră | sī fŭĕ | rīnt ‖ nūbĭlă, | sōlŭs ĕ | ris [2].

Le pentamètre se termine d'ordinaire par un mot de
deux syllabes. Quelquefois pourtant il finit par deux
monosyllabes, ou par un mot de quatre ou de cinq syllabes. Mais on considère comme défectueux celui dont
le dernier mot serait un trissyllabe, comme pŭĕrōs.

Le vers pentamètre, aussi bien que l'hexamètre, se
bat en mesure à deux temps; mais le doigt retombe en
silence après la troisième et la sixième arsis, c'est-à-dire
à la fin de l'un et de l'autre hémistiche.

Remarque. — Ovide, Properce, Tibulle et tous les bons
poètes élégiaques font habituellement coïncider l'accent tonique

---

[1] *Pentamètre* (πέντε, quinque, et μέτρον, mensura), vers de cinq
mesures.

[2] Quelques auteurs scandent moins heureusement le vers pentamètre
de la manière suivante : les deux premiers pieds sont dactyles ou spondées; le troisième, un spondée; le quatrième et le cinquième, deux
anapestes :

Tēmpŏră | sī fŭĕ | rīnt nū | bĭlă sō | lŭs ĕris.

avec la syllabe initiale du dernier dactyle. C'est pour cette raison qu'ils aiment à finir le pentamètre par un dissyllabe précédé d'un trochée : *sólŭs ĕris.*

8. Le vers pentamètre ne s'emploie jamais seul : il est toujours précédé d'un vers hexamètre. Ces deux vers, joints ensemble, composent une strophe gracieuse nommée distique[1].

Chaque distique doit être suivi d'un repos, c'est-à-dire que la même phrase ne peut s'étendre d'un distique à l'autre :

> Donec eris felix, multos numerabis amicos;
> Tempora si fuerint nubila, solus eris.

CHAPITRE IV

RÈGLES GÉNÉRALES DE LA QUANTITÉ

Finale du vers.

9. RÈGLE. La dernière syllabe de tout vers est commune, c'est-à-dire longue ou brève[2].

Règles de position.

10. Iʳᵉ RÈGLE. Toute voyelle est longue quand elle est suivie, dans le même mot, de deux consonnes ou

---

[1] Les *distiques* (δίς, bis, et στίχος, versus) sont particulièrement consacrés aux élégies et aux épigrammes.

[2] C'est en vertu de cette règle que l'on peut terminer le vers héroïque par un spondée : car nous avons vu (4) que le trochée ou dactyle privé de sa dernière brève est originairement le dernier pied de ce vers. — Bien que la dernière syllabe de tout vers soit commune, évitez cependant de mettre à la fin d'un vers pentamètre une syllabe brève de sa nature et terminée par une voyelle, comme *bŏnă.*

d'une consonne double [1], comme dans ces mots : *dūlcia,*
līnquunt, *ēxilio*, *ēxiit*, *gāza*. Exemple :

> Exilioque domos et dūlcia limina līnquunt.   (VIRG.)

Exception. Si la première consonne qui suit la voyelle
est une muette, et la seconde une des liquides *r* ou *l*,
comme dans ces mots, *volucris*, *poplitis*, la voyelle est
quelquefois longue, et quelquefois commune.

1° Elle est toujours longue quand la syllabe est
longue de sa nature, comme dans *mātris*, *frātris*, *arā-
trum* [2]. Exemple :

> Parva sub ingenti mātris se subjicit umbrâ.   (VIRG.)

2° La voyelle est encore longue quand les deux consonnes se rapportent à deux syllabes différentes, et
qu'on peut les séparer dans la prononciation, comme
dans *sūb-rideo*, *ōb-ruo*. Exemple :

> Incute vim ventis, sūbmersasque ōbrue puppes.   (VIRG.)

Mais si la muette et la liquide appartiennent à la
même syllabe, la voyelle brève de sa nature devient
douteuse, c'est-à-dire longue ou brève, comme dans ces
mots : *pă-tris. tenĕ-bræ* [3]. Exemple :

> Natum ante ora pătris, pātremque obtruncat ad aras. (VIRG.)

---

[1] Parmi les consonnes, il y en a deux qu'on appelle doubles, *x*, *z*;
deux liquides ou coulantes, *l* et *r*, auxquelles on peut joindre *m* et *n*;
une sifflante, *s*. — Les autres sont muettes et se partagent ainsi : quatre
labiales, *b*, *f*, *p*, *v*; quatre gutturales, *c*, *g*, *k*, *q*; deux dentales, *d*, *t*. —
La lettre *h* n'est, en prosodie, ni voyelle ni consonne; on ne la compte
pour rien dans la mesure des vers.
U précédé de *q* ne fait en quelque sorte avec cette lettre qu'une seule
consonne, comme dans *quïes*. Il en est généralement ainsi de *u* précédé de *g*, comme dans *linguă*. Exceptez les parfaits en *gŭï*, comme
langŭï, le verbe *argŭëre*, et les adjectifs en *gŭŭs*, comme *rigŭŭs*. — Les
lettres *i*, *j*, *u* et *v* sont quelquefois traitées comme voyelles, et quelquefois comme consonnes, ainsi que nous le verrons bientôt (15 et suiv.).
[2] On voit sans peine que la voyelle *a* est longue de sa nature dans
mātris, puisqu'elle l'est déjà dans le nominatif *māter*, en grec μήτηρ.
[3] Le dictionnaire poétique indique aux jeunes gens la quantité douteuse de *tenĕbræ*, en attendant qu'ils l'aient apprise de l'usage. Ils

11. II⁰ Règle. Toute voyelle est longue quand elle est suivie de deux consonnes, dont l'une se trouve à la fin d'un mot, et l'autre au commencement du mot suivant, comme dans ces mots : *Deŭs nobis,* etc. Exemple :

> O Melibœe, deūs nobis hæc otia fecit.   (Virg.)

Une voyelle finale brève de sa nature peut devenir longue par position devant un mot qui commence par une consonne double ou par deux consonnes, *atquē Xanthus; telā scandite.* Exemple :

> Ferte citi ferrum, date telā, scandite muros.   (Virg.)

Remarque. — Il est régulier d'employer *telā* comme spondée devant *scandite.* Toutefois les bons poètes usent rarement de cette liberté dans le vers latin.

La voyelle peut très bien rester brève devant un mot qui commence par une muette suivie d'une des liquides *l* ou *r : Ossă tremor, undă fluens.* Mais dire, par exemple : *sæpĕ stylum, lucentĕ smaragdis,* est une licence peu autorisée, sinon dans les vers du genre simple et familier, ou quand un mot ne peut entrer autrement dans le vers héroïque :

> Sæpĕ stylum vertas.   (Hor.)
> Sedebat
> In solio Phœbus claris lucentĕ smaragdis.   (Ovid.)

12. III⁰ Règle. La voyelle suivie d'une voyelle dans le même mot est brève, *impĭa, timŭerunt,* etc. Exemple :

> Impĭaque æternam timŭerunt sæcula noctem.   (Virg.)

Exceptions. 1⁰ *E,* entre deux *i,* est long au génitif et au datif singuliers de la cinquième déclinaison, comme *diēi, speciēi,* etc. Exemple :

> Nunc adeo mělior quoniam pars acta diēi.   .(Virg.)

2⁰ *Fi* est long dans les temps du verbe *fio* ou *r* ne se

---

trouvent également dans le dictionnaire la quantité de *pătĕr,* πατήρ; la règle prosodique les avertit ensuite que la voyelle *a,* brève de sa nature, devient douteuse par position dans *pă-tris.*

trouve point, comme *fĭent;* il est bref dans les autres temps, comme *fĭeri.* Exemple :

> Omnia jam fīent, fĭeri quæ posse negabam.   (Ovid.)

3° *I* est commun dans les génitifs en *ius,* comme *unĭus, utrĭus, illĭus.* Exemples :

> Unĭus ob noxam et furias Ajacis Oilei.
> Navibus (infandum) amissis unīus ob iram.   (Virg.)

4° *I* est bref dans *alterĭus* et long dans le génitif *alĭus* [1], ce qu'on a heureusement exprimé par le vers suivant :

> Corripit alterĭus, semper producit alīus [2].   (Desp.)

5° *O* est long dans le nom *herōs, herŏis;* et *a* est long dans *āer, āeris.* Exemples :

> Magnanimi herŏes, nati melioribus annis.   (Virg.)
> Alta petunt āer, atque āere purior ignis.   (Ovid.)

6° *E* est long dans l'interjection *ēheu;* o est commun dans *ŏhe.* Exemple :

> Ēheu! quid volui misero mihi?...   (Virg.)

7° Les noms propres terminés en *aius* et en *eius* font longue la voyelle devant *i,* comme *Lāĭus; Priamēĭus* [3]; *i* est quelquefois bref, mais plus souvent long dans *Marĭa.*

8° Il faut excepter encore plusieurs noms propres dérivés du grec, comme *Trōes, Ænēas, Amphĭon, Lycāon* [4], etc.

13. IVᵉ Règle. Toute diphtongue est longue, comme

---

1 Le génitif *alīus,* et le datif *alīi,* de l'adjectif *alĭus,* sont mis pour *alĭ-ius, alĭ-ii.* Voilà pourquoi ils allongent la pénultième *i.*

2 Littéralement : *Alterius* abrège, *alius* allonge toujours la lettre *i.*

3 Λάϊος, Πριαμήϊος.

4 Τρῶες, Αἰνείας, Ἀμφίων, Λυκάων.

dans *Musæ*, *pœna*, *Graius*, *eïa*, *Eūrus*, *paūlo*. Exemple :

> Sicelides Musæ, paūlo majora canamus. (VIRG.)

Exception. La préposition *præ* devient brève dans les mots composés où elle est suivie d'une voyelle, *prăeit*, *prăest*, *prăeustus*, etc. Exemple :

> Et venit, stella non præeunte, dies. (OVID.)

Contraction et synérèse.

14. RÈGLE. Une syllabe formée de deux syllabes par contraction est toujours longue, comme *cōgo*, qui vient de *coăgo*; *nīl*, de *nihil*; *mī*, de *mihi*. Exemple :

> ... Quid non mortalia pectora cōgis,
> Auri sacra fames ? (VIRG.)

La même règle doit s'observer quand on restreint, dans la mesure des mots, deux syllabes en une, comme *dïi* ou *dī* pour *dïi; cuï* pour *cŭï; deïn* pour *dĕïn; alveūs*, *alveī* (en deux syllabes), pour *alvĕŭs*, *alvĕï*, etc. C'est ce qu'on nomme synérèse, de συναίρεσις, réunion [1]. Exemple :

> Diī, prohibete minas; diī, talem avertite casum. (VIRG.)

Remarques sur les lettres I, J, U, V.

15. *I* suivi d'une voyelle, dans le corps d'un mot, est quelquefois consonne, et peut donner lieu à l'application de la Iʳᵉ règle de position (10), comme *ābiĕtĕ* (en trois syllabes) ou *ābjete*, au lieu de *ăbĭĕtĕ; flūviō-rum* ou *fluvjorum*, au lieu de *flŭvĭŏrum*. Exemple :

> Flūviorum rex Eridanus... (VIRG.)

---

[1] On ne trouve pas dans les poètes classiques *cŭï*, *dĕïnde*, *dĕïnceps*, etc., mais *cuï*, *deïnde*, *deïnceps*. — Dans la comédie, et sans doute aussi dans le langage usuel, les Latins prononçaient souvent en une seule syllabe *meŭs*, *tuŭs*, *huiŭs* (pour *hujus*), *nauēm* (pour *navem*), etc. Cette figure, qui se confond avec la synérèse, est aussi appelée synizèse (συνίζησις, affaissement de syllabe).

16. *J* au commencement des mots, comme dans *jugum,* est une simple consonne. Il en est de même lorsque cette lettre commence la seconde partie d'un mot composé, comme *bĭ-jugis, semĭ-jacens.* Alors la voyelle qui précède *j* reste brève. Exemple :

> Interea bĭjugis infert se Lucagus albis.   (VIRG.)

Mais, placé dans le corps d'un mot simple entre deux voyelles, le *j* allonge la voyelle qui précède; car alors il est censé former avec elle une diphtongue, comme *pējor, mājores;* les Latins prononçaient *peī-ior, maī-iores.* Exemple :

> Mājoresque cadunt altis de montibus umbræ.   (VIRG.)

17. *U* suivi d'une voyelle, dans le corps d'un mot, est quelquefois consonne, comme *tēnŭĭă* (dactyle) ou *tēnvĭă,* au lieu de *tĕnŭĭa; gēnŭă* (trochée) ou *gēnva,* au lieu de *gĕnŭă.* Exemple :

> Gēnŭă labant, gelidus concrevit frigore sanguis.   (VIRG.)

18. Dans un très grand nombre de mots, *u* ne forme qu'une syllabe unique avec la voyelle qui suit, comme *suā-vis, suādere, assuēti*[1] (14). Exemple :

> Assuēti longo muros defendere bello. (VIRG.)

---

[1] Si, dans ces mots, l'*u* forme une syllabe distincte, comme *sŭāvis, sŭādere, sŭērunt,* c'est en vertu d'une figure que les grammairiens appellent *diérèse,* de διαίρεσις, séparation. C'est le contraire de la synérèse (14). Exemple :

> Has Græci stellas Hyadas vocitare sŭerunt.   (CIC.)

Virgile et les bons poètes classiques évitent d'employer ces diérèses dans la poésie héroïque.

Au contraire, elles sont familières aux poètes antérieurs à Virgile, tels que Lucrèce, et en particulier aux poètes comiques, tels que Plaute et Térence.

Le *v* lui-même, transformé en *u,* peut subir la diérèse. Ainsi Horace, dans un vers du rhythme dactylique, où le dactyle est exigé au second pied, a dit (*Epod.* 13, 2) :

> Nunc mare, | nunc sĭlŭ- | æ.

au lieu de *sĭlvæ.*

CHAPITRE V

DES SYLLABES FINALES

ARTICLE I

Des voyelles.

19. Ire RÈGLE. *A* est bref à la fin des mots : *regiă, altă,* etc. Exemple :

> Regiă solis erat sublimibus altă columnis.   (OVID.)

Exceptions. 1° *A* final est long à l'ablatif des noms de la première déclinaison, comme *populeā, umbrā,* et au vocatif des noms grecs terminés en *as,* comme *Æneā, Pallā,* etc. ¹. Exemples :

> Qualis populeā mœrens Philomela sub umbrā.
> Quid miserum, Æneā, laceras ? jam parce sepulto.   (VIRG.)

2° *A* final est douteux, mais long de préférence, dans les noms de nombre indéclinables, terminés en *ginta,* comme *trigintă, sexagintă,* etc. ².

3° *A* final est long à l'impératif, comme *amā, obstā;* dans les adverbes, comme *intereā, frustrā;* et dans les prépositions, comme *ā, circā,* etc. Exemples :

> Principiis obstā : sero medicina paratur,
>   Quum mala per longas invaluere moras.   (OVID.)
> Sed fugit intereā, fugit irreparabile tempus.
> Hostis habet muros; ruit alto ā culmine Troja.   (VIRG.)

---

¹ *A* final est bref, suivant la Ire règle, au vocatif des noms grecs en *es,* comme *Atrides, Atridă; Orestes, Orestă.* Exemple :

> Fecerunt furiæ, tristis Orestă, tuæ.   (OVID.)

² Les poètes remplacent souvent ces noms de nombre par des périphrases. Ils disent par exemple : *ter decem,* pour *triginta,* qui n'a rien de poétique.

Cependant ces quatre mots *eiă*, *ită*, *quiă*, et *pută* adverbe, font *a* bref. Exemple :

Si veteres ită miratur laudatque poetas.   (Hor.)

20. IIe Règle. *E* est bref à la fin des mots : *incipĕ*, *parvĕ*, *cognoscerĕ*, etc. Exemple :

Incipĕ, parvĕ puer, risu cognoscerĕ matrem.   (Virg.)

Exceptions. 1° *E* final est long dans les noms de la première et de la cinquième déclinaison, comme *Penelopē*, *diē*, etc., et dans ces mots : *famē*, *Tempē* [1].

Te, veniente diē, te, decedente, canebat.
Amissis, ut fama, apibus morboque famēque.   (Virg.)

2° *E* final est long à l'impératif des verbes de la seconde conjugaison, comme *docē*, *monē* [2], *valē*, etc.
Il est commun dans *cavĕ*.

Tu vatem, tu, diva, monē; dicam horrida bella.   (Virg.)

3° *E* final est long dans les adverbes formés des adjectifs de la seconde déclinaison, comme *indignē*, *prœcipuē*, etc. On exceptera les quatre suivants, qui ont *e* bref, *benĕ*, *malĕ*, *supernĕ*, *infernĕ*. Exemples :

Quæ venit indignē, pœna dolenda venit.
Non benĕ cœlestes impia dextra colit.   (Ovid.)

4° *E* final est long dans les monosyllabes *mē*, *tē*, *sē*, *ē*, *dē*, et *nē* signifiant *de peur que*. Les autres monosyllabes font *e* bref, comme *quĕ*, *cĕ*, *vĕ* et *nĕ* particule interrogative. Exemples :

Mēne efferre pedem, genitor, tē posse relicto
Sperasti ?...
Trojaquĕ, nunc stares, Priamique arx alta, maneres.(Virg.)

---

[1] *Penelopē*, Πηνελόπη. — *Tempē*, nom pluriel, comme en grec, Τέμπεα, Τέμπη. — *Fame* allonge l'*e* final, parce qu'il est regardé comme l'ablatif du vieux mot *fames*, *ei*, cinquième déclinaison.

[2] On sait que l'impératif se forme de l'infinitif en retranchant la dernière syllabe. Ainsi de *legĕre*, *monēre*, on formera tout naturellement *legĕ*, *monē*.

5° *E* final est encore long dans *pridiē*, *postridiē*, *fermē*, *ȯhē;* il est douteux dans *ferĕ*.

21. III° Règle. *I* est long à la fin des mots : *virtutī*, *puerī*, *dicī*, etc. Exemple :

> Fidite virtutī; fortuna fugacior undis.   (Ovid.)

Exceptions. 1° *I* final est douteux dans ces mots : *mihĭ*, *tibĭ*, *sibĭ*, *quasĭ*, *ubĭ*, *ibĭ*, et *utĭ* adverbe; il est toujours bref dans *nisĭ*. Exemples :

> Fas mihĭ Graiorum sacrata resolvere jura.
> Musa, mihī causas memora...   (Virg.)

2° *I* final est bref au vocatif et au datif[1] des noms de la troisième déclinaison qui viennent du grec, comme *Daphnidĭ*, *Daphnĭ; Paridĭ*, *Parĭ; Palladĭ*, etc. Exemple :

> Insere, Daphnĭ, piros; carpent tua poma nepotes.   (Virg.)

22. IV° Règle. *O* est commun à la fin des mots : *volŏ*, *jubeŏ*, *sermŏ*, etc. [2]. Exemple :

> Sic volŏ, sic jubeŏ, sit pro ratione voluntas.   (Juv.)

Exceptions. *O* final est toujours long dans les datifs et les ablatifs, comme *Dominō*, *Oceanō*, *eō*, *quō*[3]; dans les adverbes formés des adjectifs de la seconde déclinaison, comme *continuō*, *subitō*, et dans *ergō* pris pour *causā*. Exemples :

> Imperium Oceanō, famam qui terminet astris.
> Continuō venti volvunt mare...   (Virg.)

2° Les monosyllabes *dō*, *nŏ*, *stō*, *prō*, *prōh*, font *o* long. Exemple :

> Sic ego dō pœnas artibus ipse meis.   (Ovid.)

---

1 Ce datif en *i* des mots grecs est peu usité.
2 Sur la quantité de *o* final, voyez la note A, à la fin du volume.
3 *O* final est presque toujours long dans les gérondifs, qui sont, en effet, comme de véritables ablatifs : *Amandō*, *vincendō*.

L'interjection *o* est toujours longue devant une consonne. Exemple :

Ō patria, ō divum domus Ilium, et inclyta bello
Mœnia Dardanidum...   (Virg.)

Devant une voyelle, cette interjection est longue à l'arsis, et brève à la thésis. Exemple :

Ō pater, ō hominum divumque æterna potestas !
Te Corydon, ŏ Alexi : trahit sua quemque voluptas¹. (Virg.)

3° *O* final est bref dans *citŏ, egŏ, cedŏ* mis pour *dic, modŏ* et ses composés *quomodŏ, postmodŏ*, etc.

Nec citŏ credideris quantum citŏ credere lædat². (Ovid.)

4° *O* est long à la fin des noms propres qui ont dans le grec un *oméga* final, comme *Cliō, Echō, Androgeō*³, etc. Exemple :

Cliōque et Beroe soror, Oceanitides ambæ. (Virg.)

23. V° Règle, *U* à la fin des mots est long. Exemples : *tū, luctū, tonitrū, visū*, etc. ⁴.

Afflictus vitam in tenebris luctūque ⁵ trahebam. (Virg.)

ARTICLE II

Des consonnes finales.

24. Iʳᵉ Règle. *B*⁶, à la fin des mots, est bref, comme *ăb, ŏb, sŭb*, etc. Exemple :

Vitaque cum gemitu fugit indignata sŭb umbras. (Virg.)

---

¹ Dans le premier de ces deux vers, l'interjection ō est longue devant *hominum,* parce qu'elle est à l'arsis ; dans le second elle est brève devant *Alexi,* parce qu'elle est à la thésis.

² Traduisez : Vous auriez peine à croire combien il est nuisible de croire trop tôt.

³ Κλειώ, Ἠχώ, Ἀνδρόγεω.

⁴ Sur la quantité de *u* final, voyez la note B, à la fin du volume.

⁵ Une voyelle placée à la fin d'un mot suivi d'une enclitique, ne perd pas la quantité qu'elle a comme finale. C'est ce qu'on peut remarquer dans *luctūque.*

⁶ C'est-à-dire : la syllabe que termine *B* final est brève.

25. IIe Règle. *C*, à la fin des mots, est long.
Exemples : *sīc, dūc, hīc* (adverbe), etc.

> Sīc oculos, sīc ille manus, sīc ora ferebat. (Virg.)

Exception. *C* est bref dans *nĕc, donĕc, făc* [1], et commun dans *hĭc* pronom. Exemple :

> Donĕc eris felix, multos numerabis amicos ;
> Tempora si fuerint nubila, solus eris. (Ovid.)

26. IIIe Règle. *D*, à la fin des mots, est bref, comme dans *ăd, ĭd, quidquĭd*, etc. Exemple :

> Quidquĭd ĭd est, timeo Danaos et dona ferentes. (Virg.)

27. IVe Règle. *L*, à la fin des mots, est brève, comme dans *procŭl, semĕl, nihĭl*, etc. Exemple :

> Innocui venient ; procŭl hinc, procŭl impius esto. (Ovid.)

Exceptions. *L* est longue dans ces mots : *nīl, sōl, sāl*, et dans les noms hébreux, *Daniēl, Israēl, Michaēl*, etc. Exemple :

> ... Orbem
> Per duodena regit mundi sōl aureus astra [2]. (Virg.)

28. Ve Règle. *M* finale est brève de sa nature. Dans les vers classiques, elle est toujours ou élidée par une voyelle, ou longue *par position*, devant une consonne.

29. VIe Règle. *N*, à la fin des mots, est longue, comme dans *nōn, quīn, Titān*, etc. Exemple :

> Quīn ipsæ stupuere domus, atque intima leti
> Tartara. (Virg.)

Exceptions. 1° *N* finale est brève dans les noms termi-

---

[1] *Făc* est bref parce qu'il est mis pour *făc-e*, de *făc-ere*, dont le radical est bref.

[2] Le soleil resplendissant dirige sa révolution à travers les douze constellations du monde (les douze signes du zodiaque).

nés en *en*, qui font *inis* au génitif, comme *numĕn, numinis; flumĕn, fluminis*, etc. Exemple :

> At prior Alcides solita prece numĕn adorat.   (STAT.)

2° *N* est brève dans ces mots : *ăn, ĭn, tamĕn;* dans
leurs composés *forsăn, forsităn, attamĕn;* et dans ces
mots : *vidĕn', nostĭn', egŏn',* et autres semblables, qui se
mettent pour *videsne, nostine, egone,* etc. Exemple :

> Nec circumfuso pendebat ĭn aere tellus.   (OVID.)

3° *N* finale est brève dans les noms grecs qui ont un
omicron à la dernière syllabe, comme *Peliŏn, Iliŏn,* etc.
Joignez-y *Thetĭn, Maiăn.* Exemple :

> Peliŏn Æmoniæ mons est obversus in Austros.   (OVID.)

30. VII° RÈGLE. *R,* à la fin des mots, est brève,
comme dans *labŏr, sempĕr, vincitŭr,* etc. Exemple :

> Tum variæ venere artes : labŏr omnia vincit.   (VIRG.)

Exceptions. 1° *R* est longue dans les monosyllabes
cŭr, fūr, Lār, Nār [1], *pār,* et ses composés *impār, dispār.*
Exemple :

> Ludere păr impār, equitare in arundine longa.   (HOR.)

2° *R* finale est longue dans les noms en *er,* qui viennent du grec, et qui ont *eris* au génitif, comme *aēr,
æthēr, cratēr* [2], et dans ces deux mots latins, *vēr* et *Ibēr.*
Exemples :

> Alta petunt aēr, atque aere purior ignis [3].
> Vēr erat æternum ; placidique tepentibus auris
> Mulcebant zephyri natos sine semine flores.   (OVID.)

---

1 *Lār, Lăris,* dieu domestique, d'où le pluriel *Lăres,* Dieux Lares, et
Nār, affluent du Tibre, au pays des Sabins.

2 'Aήρ, αἰθήρ, κρατήρ.

3 L'air, et le feu, plus pur que l'air, gagnent les régions élevées.

31. VIII° Règle. *T* est bref à la fin des mots, comme *capŭt, annuĭt, tremefecĭt*, etc. Exemple :

> Annuĭt, et totum nutu tremefecĭt Olympum. (Virg.)

Des syllabes finales en S.

32. Ire Règle. *As* est long à la fin des mots : *amās, ætās, Trojanās,* etc. Exemple :

> Trojanās ut opes et lamentabile regnum
> Eruerint Danai.   (Virg.)

Exceptions. 1° *As* final est bref dans les noms qui viennent du grec, et qui font *adis* au génitif, comme *Pallăs, Pallădis; lampăs, Iliăs,* etc. Exemple :

> Bellica Pallăs adest, et protegit ægide fratrem. (Ovid.)

2° *As* final est encore bref à l'accusatif pluriel des noms grecs qui suivent dans le latin la troisième déclinaison, comme *heroăs, Troăs, Naïadăs* [1], etc. Ex.:

> Divisque videbit
> Permixtos heroăs, et ipse videbitur illis.   (Virg.)

33. II° Règle. *Es* est long à la fin des mots : *patrēs, diēs, monēs,* etc. Exemple :

> Albanique patrēs, atque altæ mœnia Romæ. (Virg.)

Exceptions. 1° *Es* final est bref dans la plupart des noms imparisyllabiques de la troisième déclinaison, comme *segĕs, segĕtis; milĕs, milĭtis; pedĕs, pedĭtis,* etc. [2]. Exemple :

> Arebant herbæ, et victum segĕs ægra negabat. (Virg.)

---

[1] Ἥρωας, Τρῶας, Ναϊάδας.

[2] Rentrent dans la règle générale, bien qu'ils appartiennent à la troisième déclinaison imparisyllabique : 1° *Cerēs, ariēs, abiēs, pariēs, pēs* et ses composés, comme *bipēs;* 2° plusieurs noms qui ont au génitif leur pénultième longue (42, 2° exception), comme *herēs, herēdis;* 3° les mots grecs en ης latinisés, *tapēs* (τάπης).

2° *Es* est bref dans la préposition *penĕs*, dans *ĕs* seconde personne du verbe *sum*, et dans ses composés *po-
tĕs, adĕs, prodĕs*, etc. Exemples :

> Me penĕs est unum vasti custodia mundi.
> Natus ĕs e scopulis, nutritus lacte ferino.   (OVID.)

3° Les noms qui viennent du grec font *es* final bref
au nominatif et au vocatif du pluriel, comme *Troĕs,
Thracĕs, Arcadĕs* [1]. Exemple :

> Ambo florentes ætatibus, Arcadĕs ambo.   (VIRG.)

34. IIIᵉ RÈGLE. *Is* est bref à la fin des mots. Ex.:
Orbĭs, molĭs, legĭs, amatĭs, etc.

> Tantæ molĭs erat Romanam condere gentem.   (VIRG.)

Exceptions. 1° *Is* final est long dans tous les noms au
datif et à l'ablatif du pluriel, comme *nobīs, templīs,
subjectīs,* et dans les adverbes, *gratīs, forīs,* etc. Ex. :

> Parcere subjectīs, et debellare superbos.   (VIRG.)

2° *Is* est long dans les noms monosyllabiques, comme
līs, lītis; Dīs, Dītis; vīs (dont le pluriel est *vīres*). Ex. :

> Grammatici certant, et adhuc sub judice līs est.   (HOR.)

3° *Is* est long dans les verbes de la quatrième conjugaison à la seconde personne du singulier du présent de
l'indicatif, comme *audīs, venīs, abīs,* etc. Exemple :

> Si periturus abīs, et nos rape in omnia tecum.   (VIRG.)

4° *Is* est long dans *sīs,* et ses composés *adsīs, pos-
sīs,* etc.; dans *fīs, faxīs,* et dans *velīs, nolīs, malīs, au-
sīs* [2], etc. Exemple :

> Adsīs o tantum, et propius tua numina firmes.   (VIRG.)

---

[1] Τρῶες, Θρᾷκες, Ἀρκάδες.

[2] On dit quelquefois *ausim, ausis,* sync. pour *auserim, auseris,* de
l'ancien parfait *ausi.* — Rarement *is* est long à la seconde personne du
parfait du subjonctif ou du futur passé, comme *dederīs, miscuerīs :*

> ... Dederīs in carmina vires.   (OVID.)

5° *Is* est encore long dans *vīs* (du verbe *volo*), et dans ses composés *mavīs, quivīs, quamvīs*, etc. Exemple :

Quamvīs Elysios miretur Græcia campos. (VIRG.)

35. IV° RÈGLE. *Os* est long à la fin des mots : *honōs, animōs*, etc. Exemple :

Imperium terris, animōs æquabit Olympo. (VIRG.)

Exceptions. 1° *Os* est bref dans *compŏs, impŏs ; ŏs, ossis.* Exemple :

Insequere, et voti postmodo compŏs eris. (OVID.)

2° *Os* final est encore bref dans les noms grecs qui ont un *omicron* à la dernière syllabe, comme *chaŏs, melŏs, Arcadŏs*, etc. Les noms grecs qui ont un *oméga* à la dernière syllabe font *os* long, comme *herōs, Athōs* [1], etc. Exemples :

Et Chaŏs, et Phlegethon, loca nocte silentia late.
Quantus Athōs, aut quantus Eryx... (VIRG.)

36. V° RÈGLE. *Us* est bref à la fin des mots : *unŭs, vultŭs, facinŭs*, etc. Exemple :

Unŭs erat toto naturæ vultŭs in orbe. (OVID.)

Exceptions. 1° *Us* final est long dans les noms de la quatrième déclinaison, au génitif singulier, au nominatif, à l'accusatif et au vocatif du pluriel, comme *domūs, fructūs*, etc. Exemple :

Stat fortuna domūs, et avi numerantur avorum. (VIRG.)

2° *Us* final est long dans les noms de la troisième déclinaison qui conservent un *u* à la terminaison du

---

[1] Χάος, μέλος, Ἀρκάδος, Ἥρως, Ἄθως.

génitif, comme *salūs, salutis; tellūs, telluris; jūs, juris,* etc. Joignez-y *tripūs, tripodis,* et le nom *Jesūs* [1]. Exemple :

Omnia nam virtūs imperiosa domat.   (OVID.)

37. VI° RÈGLE. *Ys* final est bref dans *Capўs, Tiphўs,* et long dans *Tethўs* [2]. Exemples :

At Capўs, et quorum melior sententia menti.
Teque sibi generum Tethўs emat omnibus undis. (VIRG.)

CHAPITRE VI

RADICAL ET TERMINAISON DES NOMS ET DES VERBES [3]

ARTICLE I

Des noms.

38. Dans les noms et dans les verbes, il faut distinguer le radical et la terminaison.

Le radical est la partie du mot qui demeure quand on en retranche la partie variable : c'est dans le radical que réside la signification générale du nom. On remarquera qu'il est souvent déformé au nominatif : ainsi

---

[1] Mot hébreu, traduit en grec par 'Ιησοῦς. De là vient que la dernière syllabe est longue dans le latin *Jesūs.*

[2] Κάπυς, Τῖφυς, Τηθύς, la déesse Téthys, femme de l'Océan, qu'il ne faut pas confondre avec Θέτις, Thétis, femme de Pélée et mère d'Achille.

[3] On peut voir, à la fin du volume, note *C,* la théorie traditionnelle des syllabes appelées *créments,* dans les noms et les verbes.

dans *corpor-is, corpor-i,* etc., *corpor* est le radical qui se trouve déformé dans le nominatif *corpus*[1].

La terminaison est placée à la fin du mot pour en caractériser le genre, le nombre et le cas.

Nous désignerons sous le nom de terminale toute syllabe qui précède la syllabe finale et appartient néanmoins à la terminaison, comme *i* dans *soror-ibus;* et nous appellerons préterminale la syllabe qui, finissant le radical, précède immédiatement la terminaison, comme *sul* dans *consul-is.*

Ainsi dans *puer-orum, rum* est la finale; *orum* est la terminaison; *o* est une terminale; *er* est la préterminale.

Première déclinaison.

A *terminal.*

39. RÈGLE. Dans la première déclinaison, *a* terminal est long, comme dans *ros-āi* (forme ancienne du génitif singulier), *ros-ārum, famul-ābus.* Exemple :

Flamm-ārumque globos, liquefactaque volvere saxa. (VIRG.)

Deuxième déclinaison.

O *terminal.*

40. RÈGLE. *O* terminal est long dans la deuxième déclinaison, comme *domin-ōrum, bon-ōrum, prim-ōrum.* Exemple :

Prim-ōrum manus ad portas juvenumque senumque
Prosequitur.   (VIRG.)

---

[1] De nouvelles grammaires enseignent que le radical dans *rosa, rosæ, rosarum,* etc., n'est pas *ros,* mais *rosa;* que le radical de *dominus* n'est pas *domin,* mais *dominu;* que le radical de *amare* est *ama* et non pas *am,* etc. (Voyez la note D, à la fin du volume). Pour plus de commodité, nous gardons ici, dans l'énoncé des règles prosodiques, l'ancienne idée du radical et de la terminaison.

Voyelle préterminale.

41. RÈGLE. Toute voyelle préterminale est brève dans la deuxième déclinaison imparisyllabique, comme *puer, puĕr-i; vir, vĭr-i.* Exemple :

Maxima debetur puĕr-o reverentia : si quid
Turpe paras, ne tu puĕr-i contempseris annos. (Juv.)

Troisième déclinaison.

A *préterminal.*

A préterminal est long dans les noms de la troisième déclinaison, comme *pietas, pietāt-is; fallax, fallāc-is; animal, animāl-is.* Exemple : ·

Si te nulla movet tantæ pietātis imago.   (Virg.)

Exceptions. 1° *A* est bref dans les noms neutres en *a*, comme *poema, poemăt-is; thema, themăt-is* ¹. Exemple:

Non satis est pulchra esse poemăta, dulcia sunto. (Hor.)

2° *A* est bref dans les noms en *as,* qui ont le génitif en *adis,* comme *Pallas, Pallăd-is; lampas, lampăd-is; mas, măr-is.* Exemple :

Postera quum prima lustrabat lampăde terras. (Virg.)

3° *A* est bref dans les noms propres masculins terminés en *al* et en *ar,* comme *Annibal, Annibăl-is; Cæsar, Cæsăr-is.* Exemple :

Annibălis spolia, et victi monumenta Syphacis. (Prop.)

4° *A* est encore bref dans *par, păr-is,* et ses composés *impar, impăr-is; dispar, dispăr-is;* et dans les noms suivants : *anas, anăt-is; bacchar, bacchăr-is; jubar, jubăr-is; lar, lăr-is; nectar, nectăr-is; sal, săl-is; trabs, trăb-is* ². Exemple :

... Numero Deus impăre gaudet.   (Virg.)

---

¹ Ποίημα, Ποιήματος, — Θέμα, Θέματος.

² Nous ne parlons pas du mot prosaïque *hepar, hepăt-is,* qu'aucun écrivain de bon goût n'admettra dans un vers.

E *préterminal.*

42. IIᵉ Règle. *E* préterminal est bref dans les noms imparisyllabiques de la troisième déclinaison, comme *seges, segĕt-is; munus, munĕr-is.* Exemple :

> Hic segĕtes, illic veniunt felicius uvæ.   (Virg.)

Exceptions. 1° *E* est long dans les noms en *en,* qui font *enis* au génitif, comme *ren, rēn-is; Siren, Sirēn-is*[1]. Exemple :

> Monstra maris Sirēnes erant, quæ voce canora
>   Quaslibet admissas detinuere rates.   (Ovid.)

2° *E* est long dans les mots suivants : *heres, herēd-is; lex, lēg-is*[2]*; locuples, locuplēt-is; magnes, magnēt-is; merces, mercēd-is; rex, rēg-is; ver, vēr-is; vervex, vervē-cis.* Exemple :

> Omnia sub lēges mors vocat atra suas.   (Ovid.)

3° *E* est long dans les noms en *er* et en *es,* qui ont dans le grec un η à la pénultième du génitif, comme *crater, cratēr-is; tapes, tapēt-is*[3]. Joignez-y les noms hébreux *Daniel, Daniēl-is; Israel, Israēl-is.* Exemple :

> Armaque, cratĕrasque simul, pulchrosque tapētas. (Virg.)

I *et* Y *voyelles préterminales.*

43. IIIᵉ Règle. *I* et *Y,* voyelles préterminales, sont brefs dans les noms imparisyllabiques de la troisième déclinaison, comme *homo, homĭn-is; martyr, martȳr-is.* Exemple :

> Os homĭni sublime dedit, cœlumque tueri,
>   Jussit et erectos ad sidera tollere vultus.   (Ovid.)

---

[1] Σείρην, ηνος.

[2] *Lex* pour *leg-s, lēgis.* De même un peu plus loin *rex, vervex,* pour *reg-s, vervec-s.*

[3] Κρατὴρ, ῆρος.

Exceptions. 1° *I* est long dans les monosyllabes *Dis,*
Dīt-is; lis, līt-is; glis, glīr-is [1]; et dans *vir-es,* pluriel
de *vis.* Exemple : ,

> Noctes atque dies patet atri janua Dītis.   (Virg.)

2° *I* est long dans les noms en *in,* qui viennent du
grec, comme *Delphin* ou *Delphis, Delphĭn-is* [2]; et dans
les noms de peuple, *Samnis, Samnĭt-is; Quiris, Qui-*
rĭt-is [3]. Exemple :

> Delphīnum similes, qui, per maria humida nando,
> Carpathium Libycumque secant.   (Virg.)

3° *I* et *Y* sont longs dans la plupart des noms en *ix* et
en *yx,* comme *felix, felīc-is; bombyx, bombȳc-is* [4].
Exemple :

> Vivite felīces, quibus est fortuna peracta.   (Virg.)

Mais les noms suivants abrègent *i* suivant la règle
générale : *calix, calĭc-is; filix, filĭc-is; fornix, for-*
nĭc-is; nix, nĭv-is; pix, pĭc-is; et *vĭcis,* dont le nominatif *vix* n'est pas usité. Exemple :

> Et filĭcem curvis invisam pascit aratris.   (Virg.)

O préterminal.

44. IV⁰ Règle. *O* préterminal est long dans les noms
imparisyllabiques de la troisième déclinaison, comme
dolor, dolōr-is; sermo, sermōn-is; melior, meliōr-is.
Exemple :

> Infandum, regina, jubes renovare dolōrem.   (Virg.)

Exceptions. 1° *O* est bref dans les substantifs neutres en

---

[1] Pour *Dit-s, Dit-is; lit-s, lit-is; glir-s, glir-is.*
[2] Δελφὶν ou Δελφὶς, ῖνος.
[3] Pour *Samnit-s, Samnit-is; Quirit-s, Quirit-is.*
[4] Pour *felic-s, felic-is; bombyc-s, bombyc-is.*

or, en *us*, et en *ur*, comme *marmor*, *marmŏr-is; ebur,*
ebŏr-is; pectus, *pectŏr-is.* Exemple :

> Fortiaque adversis opponite pectŏra rebus.   (Virg.)

2° *O* est bref dans les noms propres en *or* qui viennent du grec, comme *Hector*, *Hectŏr-is;* et dans les noms
de peuple, comme *Macedon* ou *Macedo*, *Macedŏn-is* [1]. Ex. :

> Multa super Priamo rogitans, super Hectŏre multa. (Virg.)

3° *O* est bref dans ces mots : *arbor*, *arbŏr-is; compos,*
compŏt-is ; impos, *impŏt-is; inops*, *inŏp-is; lepus,*
lepŏr-is; memor, *memŏr-is; tripus*, *tripŏd-is.* Exemple :

> Mugitusque boum, mollesque sub arbŏre somni. (Virg.)

45. Ve Règle. *U* préterminal est bref dans les noms
imparisyllabiques de la troisième conjugaison, comme
consul, *consŭl-is; dux*, *dŭc-is; murmur*, *murmŭr-is.*
Exemple :

> Si canimus silvas, silvæ sint consŭle dignæ.   (Virg.)

Exceptions. 1° *U* est long dans les trois noms : *lux,*
lūc-is; Pollux, *Pollūc-is* [2]*;* et *frūg-is,* dont le nominatif
frux n'est pas usité. Exemple :

> Restitit Æneas, claraque in lūce refulsit.   (Virg.)

2° *U* est long dans les noms en *us* qui ont le génitif
en *udis*, *uris* et *utis*, comme *palus*, *palūd-is; jus*, *jūr-is;*
salus, *salūt-is*[3]. Exemple:

> Una salus victis, nullam sperare salūtem.   (Virg.)

On exceptera *pecus*, *pecŭd-is; Ligur*, *Ligŭr-is*[4]. Ex. :

> ... Mactavit honores
> Nigram Hiemi pecŭdem, Zephyris felicibus albam.

---

[1] Ἕκτωρ, ορος, — Μακεδὼν, όνος.
[2] Pour *luc-s, lūc-is, Polluc-s, Pollūc-is.*
[3] Pour *palūd-s, palud-is; jur-s, jūr-is; salut-s, salūt-is.*
[4] Joignez-y *intercus, intercŭt-is,* qui conserve la quantité de sa racine, *cŭtis*, peau.

Quatrième déclinaison.

I *terminal et* U *terminal.*

46. RÈGLE. Dans les noms de la quatrième déclinaison, *i* terminal et *u* terminal sont brefs, comme *man-ĭbus* [1], *querc-ŭbus*. Exemple :

Dant famuli manĭbus lymphas, Cereremque canistris. (VIRG.)

Cinquième déclinaison.

E *terminal.*

RÈGLE. *E* terminal est long dans les noms de la cinquième déclinaison, comme *di-ēi, di-ērum, r-ēbus*. Exceptez le cas où l'*e* terminal est suivi d'une voyelle sans en être précédé, comme dans *r-ĕi* (12) [2]. Exemple :

Seu pacem, seu bella geram, tibi maxima rērum
Verborumque fides.
                                         (VIRG.)

ARTICLE II

Des Verbes.

47. On distingue dans les verbes, aussi bien que dans les noms, le radical et la terminaison.

Le radical [3] exprime l'état ou l'action marquée par le verbe, et en général il ne change pas.

La terminaison varie ; et elle exprime les différentes idées de voix, mode, temps et personne.

---

[1] Dans les flexions de la quatrième conjugaison, *u* est bref partout où il n'est pas le résultat d'une contraction : *man-ŭs*, nomin. sing.; *man-ŭi, man-ŭum* (12); il est long par contraction dans *man-ū*, ablat., pour *manu-e; man-ū*, datif employé souvent pour *man-ui; man-ūs*, nom. et acc. plur., pour *man-ues*.

[2] *E*, dans les flexions de la cinquième déclinaison, est long : *di-ēs, di-ēi, di-ē, di-ērum, di-ēbus*. Il n'y a d'exception que celle que nous venons de signaler, comme *r-ĕi* (12).

[3] Voyez plus haut la note 1 de la page 22.

Les syllabes qui, en dehors de la syllabe finale, appartiennent à la terminaison, seront ici désignées sous le nom de terminales. Ainsi *leg-imus*, dont la finale est *mus*, a pour terminale *i; leg-eritis,* dont la finale est *tis*, a deux terminales : *e, ri*.

Du verbe SUM.

48. Règle. Les syllabes *er* et *or* sont brèves, partout où elles se rencontrent dans le verbe *sum,* comme *ĕr-am, ĕr-o, fu-ĕr-am, fu-ĕr-im, fu-ĕr-o, f-ŏr-e,* etc. [1]. Exemple :

> Tempus ĕrat quo prima quies mortalibus ægris
> Incipit. (Virg.)

A *terminal.*

49. Règle. *A* terminal dans les verbes est long, comme *er-āmus, am-āmus, doc-ebāmus, reson-āre* [2]. Exemple :

> Formosam resonāre doces Amaryllida silvas. (Virg.)

Exception. **A,** première voyelle terminale du verbe *do* et de ses composés *circumdo, pessumdo,* est bref. Mais *a,* seconde terminale, demeure long, comme *d-ăbātur.* Ex. :

> Nam quod consilium, aut quæ jam fortuna dăbātur. (Virg.)

E *terminal.*

50. Règle. *E* terminal dans les verbes est long,

---

1 Il est aisé de reconnaître la quantité dans les autres flexions du verbe *sum.* Ainsi, dans *s-ŭmus, ŭ* sera bref d'après la règle de *u* terminal (53). — Dans *fŭ-ĭmus,* la première syllabe est brève d'après la règle générale comme offrant une voyelle devant une autre voyelle dans le même mot ; la seconde syllabe est brève en vertu de la règle de *i* terminal (ci-après, 51). — Dans *fu-erāmus,* la pénultième *ra* suit la règle de *a* terminal (ci-après, 49), etc.

2 Un coup d'œil attentif montre que la voyelle *a* est généralement longue dans la terminaison des verbes de la première conjugaison, excepté quand elle est suivie de *t* final. Exemples : *am-ă* (19, 3ʳᵉ exception), *am-ās* (32), *am-ābās* (49, 32), *am-ābātis* (49), *am-ābăt* (49, 31).

comme *ess-ēmus, am-ēmus, ten-ēbant, contic-uēre*[1]. Ex. :

Conticuēre omnes, intentique ora tenēbant.

Exceptions. 1° *E* est bref dans tous les temps des désinences *eram, erim, ero* empruntées au verbe *sum* (48), comme *raptav-ĕram, leg-ĕrim, audiv-ĕro.* Exemple :

Ter circum Iliacos raptavĕrat Hectora muros. (Virg.)

2° *E* est bref dans les secondes personnes du futur terminées en *bĕris, bĕre*, comme *celebra-bĕris, celebra-bĕre.* Exemple :

Semper honore meo, semper celebrabĕre donis. (Virg.)

3° *E* est encore bref à la première syllabe terminale du présent de l'indicatif, de l'imparfait du subjonctif, et du présent de l'infinitif, dans les verbes de la troisième conjugaison, comme *legere, leg-ĕris, leg-ĕrem, cognosc-ĕre*[2]. Exemple :

Jam legĕre, et quæ sit poteris cognoscĕre virtus. (Virg.)

I *terminal.*

51. Règle. *I* terminal est bref dans la conjugaison, comme *leg-ĭmus, superav-ĭmus*[3]. Exemple :

... Satis una superque
Vidĭmus excidia, et captæ superavĭmus urbi. (Virg.)

---

[1] On peut dire d'une manière générale que la voyelle *e* est longue, quand elle suit immédiatement le radical, et qu'elle n'est pas suivie elle-même de *t* final, comme *am-ēs* (33), *am-ēmus, doc-ēbatis* (50). Il faut néanmoins tenir compte de la première exception du n° 50.

[2] Quelquefois *e* s'abrège dans la terminaison en *ĕrunt* des mots *stetĕrunt, constitĕrunt, tulĕrunt*. Mais on ne dira jamais *stetēre, constitēre*, au lieu de *stetēre, constitēre*. Exemple :

Obstupui, stetĕruntque comæ, et vox faucibus hæsit.
Matri longa decem tulĕrunt fastidia menses.   (Virg.)

[3] Ovide allonge quelquefois, par licence, l'*i* terminal des temps en *erim, ero*, comme *dederīmus, dederītis*. Exemple :

... Vitamque fatebor
Accepisse, simul vitam dederītis in undis.

Le poète, en cela, est conséquent; car nous l'avons vu allonger *is* à

Exceptions. I est long à la première syllabe terminale des verbes de la quatrième conjugaison, comme *aud-īmus, sc-īrent, īmus* [1], *ad-īmus.* Exemple :

> Ignoscenda quidem, scīrent si ignoscere Manes.

2° *I* est long à la première terminale des parfaits en *ivi* et des temps qui en sont formés, comme *quæs-īvi, quæs-īvĭmus, quæs-īvĕram.* Exemple :

> Quæsīvit cœlo lucem, ingemuitque repertā. (Virg.)

3° *I* terminal est long au présent du subjonctif, dans les verbes : *volo, nolo, malo, sum* et ses composés *ad-sum, possum,* etc., comme *vel-īmus, vel-ītis, s-īmus, s-ītis* [2], *poss-īmus, poss-ītis.* Exemple :

> Atque hæc ut certis possīmus discere signis. (Virg.)

O *terminal.*

52. Règle. *O* terminal dans les verbes est long, comme *e-stōte, am-atōte.* Exemple :

> Venturæ memores jam nunc estōte senectæ. (Ovid.)

U *terminal.*

53. Règle. *U* terminal dans les verbes est bref, comme *s-ŭmus, nol-ŭmus,* etc. Exemple :

> Nolŭmus assiduis jam nunc tabescere curis. (Ovid.)

Exception. U est long à la pénultième des participes futurs en *rus, ra, rum,* comme *moritūrus.* Exemple :

> Cingitur, ac densos fertur moritūrus in hostes. (Virg.)

---

la deuxième personne du singulier de ces mêmes temps ; comme *dederīs* (p. 19, n. 2).

1 *Imus,* du verbe *ire* n'est qu'une simple terminaison sans radical. C'est l'abréviation de *e-imus,* dont le radical serait *e.* — Ce verbe et ses composés appartiennent à la quatrième conjugaison.

2 On disait autrefois *s-iem, s-ies, s-iet,* formes qui se sont contractées en *s-īm, s-īs, s-īt. I* s'est abrégé depuis devant *t* final.

CHAPITRE VII

DES PARFAITS ET DES SUPINS

ARTICLE I

Des parfaits.

54. Ire Règle. Les parfaits de deux syllabes et leurs composés ont la première longue, comme *vēni*, *vīdi*, *vīci*, *devēni*, etc. Exemple :

Vēnit summa dies et ineluctabile tempus. (Virg.)

Exception. La première syllabe est brève dans les six parfaits : *bǐbi*, *dědi*, *fǐdi*, *scǐdi*, *stěti*, *tǔli*[1]. Exemple :

Omne tǔlit punctum qui miscuit utile dulci. (Hor.)

55. II° Règle. Les parfaits qui redoublent leur première syllabe font les deux premières brèves, comme *cěcǐni*, *pěpǐgi*, *tětǐgi*, *cěcǐdi*, venant de *cado*, etc. Exemple :

Tityre, te patulæ cěcǐni sub tegmine fagi. (Virg.)

Il faut excepter *cecīdi* venant de *cædo*, et *pepēdi* de *pedo*, qui ont la seconde syllabe longue[2].

Observez que les syllabes conservent, dans les temps formés du parfait, la même quantité qu'ils ont au par-

---

[1] Il faut encore excepter tous les parfaits où la première syllabe est suivie d'une voyelle. Cette syllabe est alors brève par position (12), comme *ǐǐt*, *fǔit*.

[2] La syllabe du redoublement est toujours brève ; celle qui la suit conserve la quantité du radical ou de la racine primitive, comme *cě-cǐd-i*, de *căd-o*; *cě-cīd-i*, de *cæd-o*; *pěpǐgi*, de *pango* (racine primitive *păg*) ; *tětǐgi*, de *tango* (racine primitive *tăg*). Comparez avec *pango* le mot πήγνυμι d'où il dérive : la racine primitive de ce verbe est παγ, qui se retrouve dans l'aoriste second passif ἐπάγην.

fait : *vīdi*, *vīderam*, *vīdero*, *vīderim*, etc. ; *cĕcĭni*, *cĕcĭne-*
ram (de *cano*), etc.; *cĕcīdi*, *cĕcĭderam* (de *cædo*).

ARTICLE II
Des supins.

56. Ire Règle. Les supins de deux syllabes, et les
participes qui en sont formés, ont la première longue,
comme *nōtum*, *nōtus; vīsum*, *vīsus*, *vīsurus*, etc. Ex. :

Si minus errasset, nōtus minus esset Ulysses.　(Ovid.)

Exception. Les supins des verbes suivants ont la première syllabe brève : *dătum* de *do; cĭtum* de *cieo; ĭtum*
de *eo; lĭtum* de *lino; quĭtum* de *queo; rătum* de *reor; să-*
tum de *sero; sĭtum* de *sino; stătum* de *sisto* [1], etc. Exemple :

Qua dăta porta, ruunt, et terras turbine perflant.　(Virg.)

57. IIe Règle. Les supins en *utum* qui ont plus de
deux syllabes, font la pénultième longue, ainsi que les
participes qui en sont formés, comme *indūtum; indūtus;*
tribūtum, *tribūtus*, etc. Exemple :

Hei mihi, qualis erat! quantum mutatus ab illo
Hectore, qui redit exuvias indūtus Achillis!　 (Virg.)

Exception. Les composés du verbe *ruo* ont la pénultième brève au supin, et dans les participes qui en sont
formés, comme *obrŭtum, obrŭtus; dirŭtum, dirŭtus*, etc.
Exemple :

Dirŭta sunt aliis, uni mihi Pergama restant.　 (Ovid.)

---

1 *Sisto* a pour supin *stătum; sto* a pour supin *stătum*. — Au nombre
des supins dissyllabes, dont la première est brève, ajoutons *rŭtum*, de
ruo. Ce mot est très peu usité, mais il donne la raison de l'exception
que souffrira la IIe règle (57).
Remarquez que les composés de *cĭtum*, venant de *cieo*, *cies*, mouvoir,
ont la pénultième brève, comme *concĭtus*, rapide; au lieu que *cītum*,
venant de *cio*, *cis*, verbe synonyme du précédent, et ses composés
ont la pénultième longue, comme *excītus loco*, appelé d'un lieu.
La pénultième du supin conserve la même quantité dans les verbes
composés : *dătum*, *circumdătum; sătum*, *consĭtum*, etc.

58. III° RÈGLE. Les supins en *itum* ont la pénultième longue, ainsi que les participes qui en sont formés, dans les verbes dont le parfait se termine en *ivi*, comme *audītum, audītus* (parfait *audīvi*); *quæsītum, quæsītus* (parfait *quæsīvi*). Exemple :

> Artibus ingenuis quæsīta est gloria multis. (Ovid.)

2° Mais si les verbes n'ont pas *ivi* au parfait, alors *itum* sera bref au supin et dans les participes qui en sont formés, comme *monĭtum, monĭtus* (parfait *monui*); *agnĭtum, agnĭtus* (parfait *agnovi*). Exemple :

> Discite justitiam monĭti, et non temnere divos. (Virg.)

Exception. Les composés du verbe *eo* font *ĭtum* bref au supin, quoiqu'ils aient le parfait en *ivi*, comme *inĭtum, inĭtus; præterĭtum, præterĭtus*, etc. Exemple :

> O mihi præterĭtos referat si Jupiter annos! (Virg.)

CHAPITRE VIII

DÉRIVÉS, COMPOSÉS ET SUFFIXES

ARTICLE I

Des mots dérivés.

59. La quantité de l'étymologie se transmet généralement aux dérivés. C'est ce qu'on voit dans les mots suivants : *Păter, păternus; puĕri, puĕrilis; mŏdus, mŏdestus, mŏdicus, mŏderare; quĭētis, quĭētus; marmŏris, marmŏreus; virgĭnis, virgĭneus* [1]. Exemple :

> Ah! quam virgĭneus puĕrili vultus in ore est. (Ovid.)

---

[1] Lorsqu'un mot dérivé s'accroît d'une syllabe, il y a tendance à abréger la syllabe initiale. Exemple : *lūcis, lŭcerna; pācis, păciscor.* On trouve encore quelques autres mots où le même radical n'a pas la même

Les mots dérivés des verbes se forment le plus souvent du supin, et ils en suivent la quantité; ainsi le supin *arătum* forme *arătrum;* le supin *sătum*, de *serere*, forme *sător;* le supin *genĭtum*, de *gignere*, forme *genĭtor;* le supin *audītum* forme *audītor.* Exemple :

> Excitat audītor studium, laudataque virtus
> Crescit.   (Ovid.)

ARTICLE II

Des mots composés.[1] :

60. Ire Règle. Les prépositions longues de leur nature, comme *a, e, de, di, se, tra* mis pour *trans*, sont longues dans les mots composés, comme *āmitto, ēduco, dēduco, dīmitto, sēduco, trāduco*, etc. Exemple :

> Et qualem infelix āmisit Mantua campum. (Virg.)

Observez que *dĭrimo* et *dĭsertus* font *di* bref : car, dans ces mots, *di* n'est pas une préposition. Exemple :

> Et Rutulum nostro dĭrimatur sanguine bellum. (Virg.)

Remarque. Pro est le plus souvent long dans les mots composés, comme dans *prōcumbere, prōdesse* [2], *prōficere.* Exemple :

> Si non prōficiunt artes, veniemus ad arma.   (Ovid.)

Mais *pro* s'abrège dans *prŏfiteri, prŏficisci, prŏfundere, prŏfundus* [3], et généralement devant une voyelle, comme *prŏavus, prŏhibere.* Exemple :

> Vix ea, quum lacrimas oculis Juturna prŏfudit. (Virg.)

---

quantité, comme on le voit en comparant *sĕdeo, sĕdĭle* avec *sēdes; sŏpor* avec *sōpio; dŭcis* avec *dūco; lĕgo* avec *collēga; rĕgo, rĕgĭmen* avec *rēgis, rēgina; fĭdes, fĭdelis, perfĭdus* avec *fīdus* et *infĭ-dus.* Ces exceptions s'apprendront par l'usage.

1 On ne s'étendra point ici sur toutes les particularités des mots composés. Les principes généraux qu'on vient d'exposer, ainsi que les règles suivantes, répandront quelque lumière sur cet objet. Le reste semble se refuser à des principes méthodiques : c'est une chose que l'usage seul peut apprendre.

2 La préposition *prō* était dans l'origine *prōd.*

3 Quelques auteurs enseignent que *pro* est commun dans les mots

61. II° Règle. Les prépositions brèves de leur nature sont brèves aussi dans les mots composés, savoir ăb, ăd, ăn, ănte, ĭn, ŏb, circŭm[1], intĕr, pĕr, prætĕr, sŭb, supĕr; comme ăboleo, ădigo, ănhelo, antĕfero, ĭneo, ŏbeo, circŭmago, intĕreo, pĕreo, prætĕreo, sŭbeo, supĕraddo, etc. [2].
Exemple :

Nec poterit ferrum, nec edax ăbolere vetustas.   (Ovid.)

Re est encore bref dans les mots composés, excepté dans l'impersonnel *rēfert*, dérivé de *res fert*. Exemples :

Fervet opus, rĕdolentque thymo fragrantia mella.
Præterea nec jam mutari pabula rēfert.   (Virg.)

62. *Remarque I.* En général, les mots composés conservent la quantité des simples; et même la voyelle qui se transforme en une autre voyelle, ne change pas pour cela de quantité. Ainsi l'on dit *hăbeo, adhĭbeo, prohĭbeo; căno, concĭno*, etc. Exemple :

Instabiles animos ludo prohĭbebis inani.   (Virg.)

Remarque II. Les composés en *dĭcus* abrègent la sýllabe *di*, comme *fatidĭcus, causidĭcus*, etc., bien que *dīcere* commence par une longue [3]. Exemple:

Dic igitur quid causidĭcis civilia præstent
Officia.   (Juv.)

---

que nous venons de citer : *profiteri, proficisci*, etc. Mais les bons poètes classiques abrègent toujours la syllabe initiale de ces mots.

[1] *Circŭm* est rangé parmi les prépositions terminées par une syllabe brève de sa nature; en effet, les premiers poètes latins n'élidaient pas *m* finale, et la faisaient brève dans la mesure du vers.

[2] Les trois verbes *aperire, operire, omittere*, ont leur première brève, bien qu'ils soient mis pour *adperire, obperire, obmittere*. Exemple :

Pleraque differat, et præsens in tempus ŏmittat.   (Hor.)

[3] On employait autrefois *dĭco, dĭcas*, comme synonyme de *dīco, dīcis*. C'est de cette première forme que dérivent *fatidĭcus, causidĭcus, dĭcax*, etc.

Le verbe *dicare*, dans le latin classique, a modifié sa signification primitive.

ARTICLE III

Des suffixes.

63. On appelle suffixe la partie d'un mot dérivé qui s'a-
joute au radical ou à la racine [1] pour modifier le sens du mot
primitif, comme *anus*, dans *urb-anus; icus*, dans *rust–icus*.
Nous donnerons ici la quantité de la syllabe initiale des principaux suffixes [2].

64. Iʳᵉ RÈGLE. Dans les suffixes *a* est long, comme *urb-
ānus, vulg-āris, magistr-ātus, ros-ārium* [3], etc. Exemple :

.... Hortos quæ cura colendi
Ornaret, colerem, biferique rosāria Pæsti.   (VIRG.)

65. IIᵉ RÈGLE. *E* est long, comme *crud-ēlis* (de *crudus*,
qui vient lui-même de *cruor*), *fid-ēlis* (de *fides*), *patru-ēlis* (de
pater), *tut-ēla*, etc. Exemple :

... En iterum crudēlia retro
Fata vocant.   (VIRG.)

Exception. *E* est bref dans un certain nombre de mots
terminés en *erus*, comme *inf-ĕrus, num-ĕrus, hum-ĕrus*.
Exemple :

Nos numĕrus sumus, et fruges consumere nati. (HOR.)

66. IIIᵉ RÈGLE. *I* est bref, comme *frig-ĭdus, cal-ĭdus, rus-tĭcus,
amabĭlis; pav-ĭto, vell-ĭco.* (La pénultième des superlatifs en
ĭmus est également brève : *fortissĭmus, integerrĭmus.*) Exemples :

Frigĭda pugnabant calĭdis, humentia siccis.

---

[1] La racine est un élément plus simple et plus général que le radical
lui-même : elle est commune à plusieurs mots différents. Ainsi *jug* est
la racine des mots : *ju(n)gere, jug–um, jug-era, jumentum* pour
jug-imentum (bête que l'on soumet au joug), *conjux*, pour *conjug-s*.

[2] En donnant les principales règles des suffixes, nous ouvrons pour.
ainsi dire le champ aux observations des jeunes gens. Au reste, l'habi-
tude de scander et de composer des vers leur en apprendra plus sur
ce point que ne le feraient les règles les plus étendues.

[3] *A* est bref exceptionnellement dans *stăt-im*, aussitôt, dérivé de
stătum, supin de *sisto*. Cependant il est long suivant la règle générale
dans *stātim*, quand il signifie : d'une manière fixe, toujours. Alors il
vient de *stātum*, supin de *sto*. (En ce dernier sens il n'est pas employé
dans la poésie classique.)

Sit procul omne nefas; ut ameris, amabĭlis esto. (Ovid.)
Prosequitur pavĭtans.   -   (Virg.)

Exceptions : 1° *I* est long dans tous les mots en *ivus*,
comme *capt-ĭvus*, et dans la plupart des mots terminés par
inus, comme *divīnus*, *mar-īnus*, etc... (Cependant on prononce, suivant la règle générale : *adamant-ĭnus*, *crast-ĭnus*,
prist-ĭnus[1].) Exemple :

    Ludit in humanis divīna potentia rebus.   (Ovid.)
    ..... Captīvosque dabit, suaque omnibus arma. (Virg.)

2° *I* est long dans *am-īcus, inim-īcus, pud-īcus, obl-īquus.*
Exemple :

    Et casum insontis mecum indignabar amīci. (Virg.)

3° *I* est long dans les adjectifs en *ilis* et en *icus*, dérivés de
verbes appartenant à la quatrième conjugaison, comme *aprī-
lis* et *aprĭcus* [2]. Exemple :

    Mītis in aprīcis coquitur vindemia saxis.   (Virg.)

4° *I* est généralement long dans les adjectifs dérivés de
substantifs, comme *herīlis* (de *herus*), *subtīlis* (de *sub tela*),
et dans tous les substantifs en *īle,* comme *cubile.* Exemple :

    Verna ministeriis ad nutus aptus herīles.   (Hor.)
    Silva domus fuerat, cibus herba, cubīlia frondes. (Ovid.)

5° *I* est long dans les verbes fréquentatifs, formés des supins en *ītum* de la quatrième conjugaison, comme *dormīto,*
de *dormītum.* Exemple :

    ..... Quandoque bonus dormītat Homērus.   (Hor.)

6° *I* est long dans les substantifs et les verbes en *ido, igo,*
comme *cupĭdo, ĭdinis; orīgo, ĭginis; formīdo, as; castīgo,
as.* Exemples :

    ..... Quæ lucis tam dira cupīdo.
    Igneus est ollis vigor et cœlestis orīgo.   (Virg.)

---

[1] On pourrait citer encore, comme rentrant dans la règle générale
diutĭnus (de longue durée), *serotĭnus* (tardif), mots qui n'appartiennent
pas à la poésie classique.

[2] *Aprilis,* avril, vient de *aperire :* c'est le mois où la terre ouvre
son sein, tant pour recevoir les plantes qui lui sont confiées, que pour
faire germer les semences qu'elle a reçues l'automne précédent. — *Apri-
cus* vient aussi de *aperire;* et ce mot signifie primitivement *quod est
in aperto, solisque radiis expositum.*

67. IVᵉ Règle. *O* est long, comme *matrōna, Favōnius, canōrus, formōsus*, etc. Exemple :

Avia tum resonant avibus virgulta canōris.   (Virg.)

Exception : O est bref dans les diminutifs en *olus*, comme *luteŏlus*, et dans les adjectifs en *ŏlentus*, comme *sanguinŏlentus*. Exemple :

Mollia luteŏla pingit vaccinia caltha.   (Virg.)
Et nece natorum sanguinŏlenta parens.   (Ovid.)

68. Vᵉ Règle. *U* est long, comme *cadūcus, tribūnus, fortūna*. Exemple :

Lusit, et in solido rursus fortūna locavit.   (Virg.)
Nos quoque floruimus, sed flos fuit ille cadūcus. (Ovid.)

Exception : U est bref dans les mots en *ŭlus* et *ŭlentus*, comme *parvŭlus, lutŭlentus*. Exemple :

.·. Si quis mihi parvŭlus aula
Luderet.   (Virg.)

CHAPITRE IX

PRINCIPES DE LA VERSIFICATION LATINE

ARTICLE I

Élision.

69. Quand deux voyelles se rencontrent, l'une à la fin d'un mot, et l'autre au commencement du mot suivant, il se fait une élision, c'est-à-dire que la première voyelle se retranche dans la mesure du vers[1]. Il en est de même des diphthongues. Si l'on met dans un vers ces mots : *ille ego, Musæ aderunt*, on dit en scandant : *ill' ego, Mus' aderunt*.

La consonne *m* se retranche aussi avec la voyelle qui

---

1 Les Latins prononçaient toutes les syllabes élidées ; mais elles étaient coulées rapidement, et ne ralentissaient pas la mesure du vers.

la précède, quand elle se trouve à la fin d'un mot, devant une voyelle qui commence le mot suivant. Pour scander dans un vers ces mots, *illum etiam*, on dira : *ill' etiam* [1], etc. Exemple :

Illum etiam lauri; illum etiam flevere myricæ.   (VIRG.)

Il y a dans ce vers trois élisions, et on doit le scander ainsi :

Ill' eti | am laur' | ill' eti | am fle | vere my | ricæ.

Les interjections *o, ah, proh, heu, vah,* ne font point élision avec la voyelle qui suit. Exemple :

O pater, o hominum divumque æterna potestas.   (VIRG.)

ARTICLE II

Liaison des pieds.

70. Les pieds qui composent un vers doivent être reliés entre eux par la mesure. Un hexamètre dont les

---

[1] Il est bon de faire ici les remarques suivantes :

1º La lettre *h* n'empêche pas l'élision : pour *docti homines,* on dira dans la mesure *doct' homines*.

2º L'élision ne doit pas se rencontrer à la première *arsis;* évitez donc de commencer le vers par un monosyllabe élidé. Ainsi, dans la poésie héroïque, il est mieux de ne pas imiter le vers suivant, qu'Horace a très bien pu se permettre dans sa poésie familière :

Nām ut ferula ferias meritum majora subire.

3º Au contraire, il peut y avoir une élision à la dernière *thesis.* Exemple :

Aut pugnam, aut aliquid jamdudum invadere magnum
Mens agitat mihi, nec placida contenta quie*te* est.   (VIRG.)

4º On évite habituellement l'emploi de certains mots qui ne peuvent entrer dans l'hexamètre qu'à l'aide de l'élision, comme *līberŭm, sērvĭam.* Ainsi ce vers, qui est bon dans son genre, conviendrait moins à la poésie héroïque :

Līberum et erectum præsens hortatur et aptat.   (HOR.)

5º Il ne faut pas que les élisions soient trop multipliées : elles nuiraient à l'aisance et à la grâce de la versification. On évitera aussi les élisions dures. Les plus douces sont ordinairement celles qui tombent sur les finales en *e,* et en *m,* comme *atque omnes, venere artes, ille etiam exstincto.*

deux premiers mots formeraient deux pieds isolés ressemblerait à une ligne de prose. Telle est cette phrase qui commence les *Annales* de Tacite : *Urbem Romam principio reges habuere.* A plus forte raison le vers manquerait de nombre poétique, si chacun de ses mots formait un pied distinct. On peut en juger par ce vers d'Ennius :

Sparsis hastis longis campus splendet et horret [1].

Coupe syllabique.

71. La liaison des pieds se fait ordinairement au moyen de la coupe syllabique. On appelle ainsi « une syllabe longue qui finit un mot et qui commence un pied [2] ». *Strem, i, sam,* sont des coupes syllabiques dans le vers suivant :

Silve- | *strem* tenu- | *i* Mu- | *sam* medi- | taris a- | vena. (Virg.)

Le vers héroïque peut avoir une, deux, trois coupes syllabiques, placées après les trois premiers pieds. Il en exige ordinairement une après le second pied, ou deux, qui suivront alors le premier pied et le troisième :

Quamvis | multa me- | *is* ex- | iret | victima | septis.
Mira- | *bar* quid | mœsta de- | *os*, Ama- | rylli, vo- | cares.
Ite me- | æ, fe- | *lix* quon- | *dam* pecus, | ite ca- | pellæ. (Virg.)

---

[1] Ennius voulait frapper l'esprit par l'harmonie sévère, monotone, lugubre de ce vers. De même, dans cet autre, il peignait l'ardeur, la violence, l'impétuosité du commandement :

Disperge hostes, distrahe, diduc, distrahe, differ.

Mais les poètes héroïques de la bonne époque n'ont pas ratifié ces hardiesses.

[2] En France, jusqu'à ces derniers temps, la syllabe longue qui finit un mot et qui commence un pied était appelée *césure*. Ce terme était impropre : car la césure véritable est celle qui partage le vers et non pas les mots. — Les précédentes éditions de notre prosodie exposaient les véritables principes de la *césure du vers*, mais en donnant à celle-ci le nom de *coupe*, afin de se conformer à la pratique générale et d'éviter toute confusion. Le moment nous paraît venu de restituer au terme *césure* sa signification primitive (107). En revanche, la syllabe séparée par la mesure à la fin d'un mot reçoit ici le nom de *coupe syllabique.*

72. *Remarque I.* Une syllabe qui subit l'élision n'est jamais réputée coupe syllabique.

Remarque II. Lorsque deux monosyllabes sont de suite, le second peut tenir lieu d'une coupe syllabique. Il en est de même d'un monosyllabe intimement lié par le sens au mot précédent. Exemple :

> Ut vidit : Quæ *mens* tam dira, miserrime conjux! (Virg.)
> Si scelus intra *se* tacitum quis cogitat ullum,
> Facti crimen habet[1].   (Juv.)

Remarque III. Si le premier pied est suivi d'un repos, on se contentera quelquefois d'une seule coupe syllabique, après le troisième pied. Exemple :

> Hæc ait, et liquidum ambrosiæ diffudit odorem.   (Virg.)

Remarque IV. Le quatrième pied ne doit pas être suivi d'une coupe syllabique. Mais on ne considère pas comme telle une syllabe suivie d'une des enclitiques *que, ce, ve*. Ainsi la finale du vers suivant est légitime :

> Non omnes arbusta juvant, humilesque myricæ.

Remarque V. La coupe syllabique après le second pied est indispensable dans le vers pentamètre. Exemple :

> Vulgus amicitias utilitate probat.   (Ovid.)

Coupe trochaïque.

73. Outre la coupe de mots que l'on nomme syllabique, il en est une autre qui suffit parfois à établir la liaison des pieds. C'est la coupe trochaïque, ainsi nommée parce qu'elle sépare un trochée à la fin d'un mot pour commencer un pied. Dans le vers suivant, *pea* est une coupe trochaïque :

Orphei | Callio- | *pea*, Li- | no for- | mosus A- | pollo. (Virg.)

Très souvent dans le vers grec, quelquefois aussi dans le

---

[1] Si quelqu'un médite un crime dans le secret de son cœur, il est aussi coupable que s'il l'avait commis.

vers latin, la coupe trochaïque remplace heureusement la coupe syllabique après le second pied [1]. Exemple :

Falleret | inde- | *prensus* et | irreme- | abilis | error. (Virg.)

74. *Remarque.* Un vers est en général très harmonieux, s'il est orné de trois coupes syllabiques, après chacun des trois premiers pieds. Exemple :

Pasto- | *res* ovi- | *um* tene- | *ros* de- | pellere | fetus. (Virg.)

Une coupe trochaïque, placée au commencement du troisième pied, entre deux coupes syllabiques, dont l'une vient après le premier pied et l'autre, après le troisième, produit aussi un heureux effet. Exemple :

Infan- | *dum*, Re- | *gina*, ju- | *bes* reno- | vare do- | lorem.
(Virg.)

ARTICLE III

De la construction du vers.

75. Les pensées et les expressions sont la matière du vers : la mesure dépend de l'arrangement des syllabes longues ou brèves. La matière étant donnée, on cherche d'abord les deux derniers pieds du vers [2], et l'on arrange ensuite les autres pieds, en gardant toujours les règles de la quantité, de la césure et de l'élision [3].

---

[1] Tel est ce vers d'Homère, où les deux dernières syllabes de μάχοντο forment une coupe trochaïque.

Κουρῆ- | τες τε μά- | χοντο καὶ | Αἰτω- | λοὶ μενε- | χάρμαι.

La coupe trochaïque, ainsi placée après le second pied, est souvent suivie d'une suspense marquée par le sens ou par l'harmonie. Cette suspense alors n'est autre que la *césure du vers,* dont nous parlerons bientôt (112).

[2] Voici les manières les plus ordinaires de terminer le vers héroïque : 1o par un trisyllabe : *ĭpsĕ căpēllas; vībūrnă cŭprēssi; pectŭs ĭnērmum; hŏmĭnŭmquĕ dĕūmque;* — 2o par un dissyllabe : *īmbŭĕt āgnus; Amărȳllĭdă sīlvas, tŭrtŭr ăb ūlmo; pēctŏre ăb īmo; cĕrĕālĭăque ārma;* — 3o par deux monosyllabes : *căpēssĕre făs est;* — 4o par un monosyllabe précédé d'une élision : *vĭtĭs ĭn ulmo est.*

[3] Le vers suivant, composé à la louange de la sainte Vierge, se prête à un nombre surprenant de combinaisons. Il peut, dit-on, se retourner en autant de manières que les anciens astronomes comptaient d'étoiles au firmament. Or ils en avaient remarqué mille vingt-deux :

Tot tibi sunt dotes, Virgo, quot sidera cœlo,

Si l'on avait, par exemple, pour matière d'un vers hexamètre :

Pŏlī īntŏnŭĕrĕ, ĕt æthēr mĭcăt crēbrīs īgnĭbŭs;

En changeant l'ordre des mots, on ferait ainsi le vers :

Intŏnŭĕrĕ pŏli, ēt crēbrīs mĭcăt īgnĭbŭs æthēr.   (Virg.)

ARTICLE IV

Des synonymes.

76. Quand on trouve des mots qui ne peuvent se prêter à la mesure du vers, il faut les changer. On cherche alors des synonymes [1] dont la quantité soit différente. Dans la matière suivante, par exemple :

Dura tum positis fient mitiora sæcula bellis;

A la place de ces mots, *dura* et *fient mitiora,* on peut mettre les synonymes *aspera* et *mitescent* :

Aspera tum positis mitescent sæcula bellis.   (Virg.)

77. Quelquefois on met le singulier pour le pluriel ou le pluriel pour le singulier. Mais il faut prendre bien garde que ce changement n'altère le sens de la phrase. Exemples :

Flavumque de viridibus stillabat mel ilicibus.
Flavaque de viridi stillabant ilice mella.   (Ovid.)

... Uterumque armatis militibus complent.
... Uterumque armato milite complent.   (Virg.)

---

1 On appelle synonymes (σύν, ὄνομα) des termes qui ont à peu près la même signification. Observez qu'un mot peut avoir un sens général qui lui est commun avec d'autres, et des nuances particulières qui n'appartiennent qu'à lui seul.

78. On peut même changer la construction de la phrase sans changer la pensée. Exemple :

> Lentam salicem multum superat pallens oliva.
> Lenta salix multum pallenti cedit olivæ.   (Virg.)

79. Pour faire ces changements dans la matière du vers, il faut considérer la justesse, la force et la beauté des expressions. Souvent des mots qui paraissent synonymes sont bien différents dans l'usage et l'application. Prenons pour exemple le vers suivant :

> Fit via vi : rumpunt aditus, primosque trucidant
> Immissi Danai.   (Virg.)

Oublions pour un moment la quantité, et mettons :

> Faciunt viam vi, aperiunt aditus, primosque occidunt
> Immittentes sese Danai.

Voilà des termes synonymes ; mais quelle énergie dans les uns, et quelle faiblesse dans les autres !

ARTICLE V

Des épithètes.

80. L'épithète[1] est un adjectif qu'on ajoute dans le vers au substantif. Si l'on avait, par exemple, ces mots : *Interea pendent circum oscula nati ;* pour faire un vers, en pourrait ajouter une épithète au mot *nati* :

> Interea dulces pendent circum oscula nati.   (Virg.)

81. L'épithète n'est pas un mot pris au hasard pour remplir le vers ; elle doit être propre à la chose, riche et élégante. C'est dans la nature même du sujet qu'il faut la chercher.

Il s'agit, par exemple, de représenter le vautour qui dévorait le foie de Prométhée :

> Rostroque vultur tondens jecur et viscera.

---

[1] Ἐπίθετον, de ἐπιτίθημι, *addo, adjicio.*

Considérez d'abord quelle est la nature de ce vautour. Il est farouche et cruel, *immanis*. Vous pouvez ajouter au mot *rostro* une épithète qui peigne l'objet, *obunco*. Quelle proie dévore-t-il, ce vautour? Un foie qui renaît à mesure qu'il est dévoré, *immortale jecur;* des entrailles qu'il rend fécondes en tourments, *fecundaque pœnis viscera* [1].

> Rostroque immanis vultur obunco
> Immortale jecur tondens, fecundaque pœnis
> Viscera.   (VIRG.)

Le même poète décrit une flamme merveilleuse qui paraît tout à coup sur la tête du jeune Iüle sans embraser ses cheveux :

> Ecce levis summo de vertice visus Iuli
> Fundere lumen apex, tactuque innoxia molli
> Lambere flamma comas, et circum tempora pasci. (VIRG.)

Et pour peindre l'état des campagnes dans des jours de stérilité :

> Arebant herbæ, et victum seges ægra negabat.   (VIRG.)

Quelle justesse et quelle beauté dans ces épithètes, *levis, innoxia, molli, ægra!*

Les épithètes sont d'un grand usage dans la poésie. Mais il faut les employer avec discernement, et prendre garde de trop les multiplier. On évitera surtout celles qui n'ajoutent rien à la pensée : ce sont des mots inutiles et superflus, qui surchargent le vers au lieu de l'embellir [2].

---

[1] *Immortale, fecunda pœnis,* voilà de ces épithètes que l'on ne trouve pas en feuilletant le dictionnaire, mais en méditant le sujet.

[2] Pour traiter cette matière, *Nix avibus mortem infert,* on peut varier les épithètes de plusieurs façons :

    1. Mortem avium turbæ nix infert *alba loquaci.*
    2. Heu! *mutis* avibus nix affert *frigida* mortem.
    3. Heu! *mœstis* avibus nix affert *barbara* mortem.
    4. Heu! *mutis* avibus nix infert *barbara* mortem.

Dans le premier vers, *alba* (épithète d'ornement où il n'en faut point),

82. Observez que l'épithète se met ordinairement dans le vers avant le substantif auquel elle se rapporte ; et on l'en sépare élégamment par un ou plusieurs mots. Exemples :

> *Mollia luteolā* pingit vaccinia calthā. (Virg.)
> *Mollia securæ* peragebant otia gentes. (Ovid.)

Quelquefois cependant l'épithète, placée après le substantif, donne plus de force à la cadence et à l'expression, comme dans les vers suivants :

> Apparent rari nantes in gurgite *vasto.*
> Vox quoque per lucos vulgo exaudita *silentes*
> *Ingens.* (Virg.)

83. On peut rattacher à l'épithète l'apposition [1], c'est-à-dire le nom qui sert à en qualifier un autre. Employée à propos, elle donne au vers beaucoup de grâce et de poésie.

> Nec tamen interea raucæ, *tua cura,* palumbes,
> Nec gemere aeriā cessabit turtur ab ulmo.
> Ite meæ, *felix quondam pecus,* ite capellæ. (Virg.)

ARTICLE VI

Des périphrases.

84. Les périphrases sont des circonlocutions que les poètes emploient pour rendre l'expression plus riche et plus nombreuse. Par exemple, au lieu de *segetes,* on

---

est une cheville, et *loquaci* un contresens. — Le second vers est bon, parce que les épithètes sont prises des circonstances du sujet considéré physiquement. — Le troisième vaut mieux, parce qu'elles expriment l'état moral du sujet qui donne et reçoit la mort. — Le quatrième est le meilleur de tous, par le mélange du moral et du physique dans le choix des épithètes. Voilà comme, en approfondissant sa matière, on en tire des épithètes adaptées aux circonstances. (On peut lire avec fruit sur le choix des épithètes l'excellent ouvrage intitulé : *le Guide des humanistes,* par Tuet, liv. I, chap. II.)

[1] De *apponere,* placer auprès.

dira « *Cereris munera* » ; pour *ver* « *dulcia veris tempora* » ; pour *arare* « *telluri infindere sulcos* » ; pour *navigare* « *tentare Tethyn ratibus* » , etc.

Quelquefois la périphrase est plus étendue. Pour *mare agitatum,* Virgile dit :

Atque indignatum magnis stridoribus æquor.

Pour *mane*, le matin :

Quum Phœbum revehit stellis aurora fugatis.

Pour *nondum bellum sævierat :*

Necdum etiam audierant inflari classica, necdum
Impositos duris crepitare incudibus enses.

On voit dans ces exemples en quoi consiste la beauté des périphrases. Le poète doit éviter les circonlocutions prosaïques, celles qui sont surchargées de mots inutiles, et qui n'ajoutent rien à l'éclat, à la richesse ou à l'harmonie des vers.

ARTICLE VII

Étendre la matière des vers et ajouter des pensées.

85. Ce n'est pas assez de changer et d'ajouter des mots : donnons maintenant un plus libre essor à l'imagination. Il faut étendre la matière et trouver des pensées capables de l'embellir [1]. Ces nouvelles richesses doivent sortir du fond même du sujet : pour les découvrir, on considérera quelle est la nature de la chose,

---

[1] En étendant la matière, n'imitez pas les auteurs qui n'abandonnent jamais un sujet sans l'avoir épuisé. Fuyez, dit Boileau :

Fuyez de ces auteurs l'abondance stérile,
Et ne vous chargez point d'un détail inutile.
Tout ce qu'on dit de trop est fade et rebutant :
L'esprit rassasié le rejette à l'instant.
Qui ne sait se borner ne sut jamais écrire.

quelles en sont les circonstances, les causes, les effets, etc.

'Si l'on avait, par exemple, pour matière d'un vers ces deux mots, *resonat tonitru*, on dirait : Qu'est-ce que le tonnerre? c'est un bruit affreux dont le ciel même est ébranlé, pendant que l'air est obscurci par d'épais nuages.

Obscuro resonant commota tonitrua cœlo.   (Sil. Ital.)

Et de même avec ces mots, *pereunt segetes*, on ferait aisément deux vers. Il faudrait ajouter deux pensées qui se présentent naturellement ici : le laboureur voit périr l'objet de ses vœux et de ses espérances ; *deplorata coloni vota jacent;* il perd en un instant le fruit de ses longs et pénibles travaux : *longique perit labor irritus anni.*

Sternuntur segetes; et deplorata coloni
Vota jacent, longique perit labor irritus anni. (Ovid.)

Virgile représente un rossignol qui pleure la perte de ses petits : *Philomela amissos queritur fetus ;* et dans cette simple pensée il trouve la matière de plusieurs beaux vers :

Qualis populea mœrens Philomela sub umbra,
Amissos queritur fetus, quos durus arator
Observans nido implumes detraxit; at illa
Flet noctem, ramoque sedens, miserabile carmen
Integrat, et mœstis late loca questibus implet. (Virg.)

CHAPITRE X

OBSERVATIONS SUR L'ÉLÉGANCE ET LA BEAUTÉ DES VERS

ARTICLE I

Du choix des expressions.

86. Rien de plus important, dans la poésie, que le choix des expressions. La plus belle pensée ne peut plaire quand elle est mal rendue. Pour faire ce choix avec goût, il faut considérer la valeur des termes et l'usage auquel on les destine.

87. I. Dans les sujets simples et légers, l'élégance et la simplicité doivent caractériser l'expression :

> Tityre, tu patulæ recubans sub tegmine fagi,
> Silvestrem tenui musam meditaris avena :
> Nos patriæ fines et dulcia linquimus arva.
>
> Ac veluti in pratis, ubi apes æstate serena
> Floribus insidunt variis, et candida circum
> Lilia funduntur : strepit omnis murmure campus. (VIRG.)

88. II. Si le sujet est grave ou relevé, il demande des expressions fortes et énergiques :

> Trojanas ut opes et lamentabile regnum
> Eruerint Danai. (VIRG.)
>
> Exspatiata ruunt per apertos flumina campos. (OVID.)
>
> Vicinæ, ruptis inter se legibus, urbes
> Arma ferunt : sævit toto Mars impius orbe.
>
> Illi [1] indignantes, magno cum murmure montis,
> Circum claustra fremunt. Celsa sedet Æolus arce,
> Sceptra tenens; mollitque animos, et temperat iras. (VIRG.)

---

1 Venti.

89. III. Les expressions qui donnent de la sensibilité et des passions aux choses inanimées sont d'une grande beauté dans la poésie :

Non rastros patietur humus, non vinea falcem.

Quum sitiunt herbæ, et pecori jam gratior umbra est.

Purpureus veluti quum flos succisus aratro
Languescit moriens.

Exiit ad cœlum ramis felicibus arbos,
Miraturque novas frondes, et non sua poma[1].

. . . . Pontem indignatus Araxes.

Quin ipsæ stupuere domus atque intima leti
Tartara.   (VIRG.)

Les mots *patiètur, sitiunt, languescit, moriens,* etc., répandent dans ces vers un éclat merveilleux.

Il en est de même des vers suivants, dans lesquels le poète donne de la réflexion et du sentiment à un cheval, à un taureau :

Post bellator equus, positis insignibus, Æthon[2]
.lt lacrymans, guttisque humectat grandibus ora.

. . . . It tristis arator,
Mœrentem abjungens fraterna morte juvencum[3]. (VIRG.)

90. IV. Le poète doit surtout rechercher les expressions qui peignent les objets : quelque sujet qu'il traite, son premier devoir est de peindre la nature.

Virgile représente une espèce d'abeilles d'une figure rebutante :

Namque aliæ turpes horrent.

---

[1] *Poma non sua,* littéralement : « des fruits qui ne sont pas siens. » Il s'agit d'un bel arbre que la greffe a pour ainsi dire transformé.
(*Géorg.* II, 81.)

[2] *Æthon,* cheval de bataille du jeune Pallas, fils d'Evandre. Aux funérailles de ce prince, il marchait dans le convoi et laissait couler de ses yeux de grosses larmes.   (*Enéid.* XI, 89.)

[3] Virgile vient de raconter qu'un jeune taureau, attelé à la charrue, tombe frappé d'une peste horrible. Alors le laboureur détèle en soupirant l'autre taureau, affligé du trépas de son frère.
(*Géorg.* III, v. 517.)

Polyphème étendu dans son antre :

> . . . . Jacuitque per antrum
> Immensus.

Cerbère épris des accords d'Orphée :

> . . . . Tenuitque inhians tria Cerberus ora.

Un berger qui regrette le temps où, couché sur le gazon, il voyait de loin ses chèvres sur une colline escarpée :

> Non ego vos posthac, viridi projectus in antro,
> Dumosa pendere procul de rupe videbo.

Hector lié au char de son vainqueur, et traîné autour des murs de Troie :

> Raptatus bigis, ut quondam, aterque cruento
> Pulvere, perque pedes trajectus lora tumentes.   (VIRG.)

Ces expressions *horrent, jacuit, tenuit, inhians,* etc., peignent les objets d'après nature. Qu'on mette à la place de ces mots : *aliæ turpes sunt, recubuit in antro, cessavit latrare,* etc., l'image disparaît, et les vers perdent leur beauté.

91. V. Il est encore des expressions heureuses qui relèvent une pensée commune et simple par elle-même. Par exemple, au lieu de dire : *nec lana imitabitur varios colores :*

> Nec varios discet mentiri lana colores.   (VIRG.)

Au lieu de *tellus inarata parturiebat :*

> Rostroque intacta, nec ullis
> Saucia vomeribus, per se dabat omnia tellus. (OVID.)

ARTICLE II

Des licences poétiques.

92. La poésie a son langage et son style particulier : elle s'écarte quelquefois des règles de la prose. Ce sont

des licences réservées aux poètes, et qui peuvent facili-
ter la versification.

§ I

Des licences poétiques dans la manière de s'exprimer.

93. I. Au lieu du gérontif en *di,* après un substantif,
souvent les poètes se servent du présent de l'infinitif :

Sed si tantus amor casus cognoscere nostros. (Virg.)

Au lieu de *amor cognoscendi.*

Ils se servent aussi du présent de l'infinitif, au lieu
du gérondif en *dum* avec la préposition *ad.* Par exemple, on dira *celer irasci,* pour *celer ad irascendum ; bonus
dicere, bonus inflare,* pour *bonus ad dicendum, ad inflan-
dum*[1], etc.

Boni quoniam convenimus ambo,
Tu calamos inflare leves, ego dicere versus. (Virg.)

94. II. Les poètes, à l'imitation des Grecs, mettent
souvent le nom à l'accusatif après un adjectif ou un participe passif : par exemple, ils disent *pulcher faciem,*
pour *pulcher facie ; redimitus tempora* pour *habens tempora redimita.* On sous-entend alors la préposition *secundum : pulcher secundum faciem, redimitus secundum
tempora.*

Os humerosque deo similis.
Vittis et sacra redimitus tempora lauro.   (Virg.)

Quelquefois ils sous-entendent les prépositions dans
les questions de lieu : *lucis habitamus opacis,* pour
habitamus in lucis ; pars Scythiam veniemus, pour *in Scythiam.* Exemple :

Devenere locos lætos et amœna vireta.   (Virg.)

---

[1] Au lieu de *dignus ut ametur,* on peut dire *dignus amari.* On
trouve même, bien que plus rarement, cette syntaxe dans d'excellents
prosateurs : *Dignus legi,* digne d'être lu (*Quintilien*).

Ou bien encore ils mettent le datif, au lieu de l'accusatif avec *in* ou *ad*, à la question *quo*. Exemple :

It clamor cœlo.   (Virg.)

pour *it clamor ad cœlum.*

95. III. On peut souvent mettre dans les vers le pluriel pour le singulier, et le singulier pour le pluriel (77).

Le comparatif pour le superlatif : au lieu de *pulcherrimus omnium*, on dira *pulchrior ante alios*, ou *quo pulchrior alter non fuit.*

L'adjectif pour l'adverbe : *suave rubens hyacinthus*, pour *suaviter rubens; vana tumentem*, pour *vane tumentem; solvite vela citi*, pour *citò*, etc.

Après un adjectif ou un participe, on met quelquefois un nom au génitif : *opaca locorum*, pour *opaca loca; strata viarum*, pour *stratas vias.*

96. IV. On peut, à la manière des Grecs, mettre au neutre l'adjectif attribut qui se rapporte à un substantif masculin ou féminin : *Triste lupus stabulis;* mot à mot : le loup est chose triste pour les étables.

Pour exprimer les noms de nombre, souvent les poètes se servent d'une périphrase : par exemple, pour *quatuor*, ils diront *bis duo;* pour *decem : bis quinque* ou *bis quini;* pour *quatuordecim : bis septem* ou *bis septeni*, etc.

Sunt mihi bis septem præstanti corpore Nymphæ.
Bis quinos silet ille dies.   (Virg.)

97. V. Les prépositions se mettent bien entre leur régime et son épithète :

Hic tamen hac mecum poteris requiescere nocte
Fronde super viridi.   (Virg.)

Les prépositions *inter, circum, sine, prope, contra,*

peuvent se placer après le régime complet. C'est ce qu'on appelle *anastrophe*[1].

> Spemque metumque inter...
> . . . . Maria omnia circum.   (VIRG.)

98. VI. Les poètes ont encore la liberté de séparer plusieurs mots composés. Ces séparations portent le nom de tmèses[2]. Ils disent, par exemple : *hac celebrata tenus*, pour *hactenus celebrata; quo res cumque cadent*, pour *quocumque res cadent; collo dare brachia circum*, pour *circumdare brachia collo*, etc.

Il n'y a qu'un petit nombre de mots composés qui soient susceptibles d'une pareille transposition. Il faut, sur cet objet, consulter l'usage des poètes.

99. VII. On peut enfin ajouter ou retrancher quelques lettres dans certains mots, pour le besoin de la mesure : *Relligio, rettulit*, pour *religio, retulit; virûm, deûm*, syncopes pour *virorum, deorum; vincla, sæcla, pericla*, pour *vincula, sæcula, pericula*[3].

§ II

Des licences relatives aux règles de la versification.

100. I. Nous avons dit que le vers héroïque finit régulièrement par un mot de deux ou trois syllabes. Un monosyllabe peut toutefois terminer le vers pour faire

---

1 Si la préposition *per* a plusieurs régimes, elle peut se mettre après le premier. Exemple :

> Transtra per et remos...   (VIRG.)

C'est comme s'il y avait : *Transtra per et per remos.*

2 Τμῆσις, de τέμνω, je coupe.

3 On trouve souvent dans les poètes antérieurs à Auguste, et rarement dans les poètes classiques, les archaïsmes *aulāï, aurāï*, pour *auræ, aulæ* (voy. p. 22, n° 39); *amarier, admittier*, infinitif passif pour *amari, admitti*. C'est une licence que nous conseillons aux écoliers de ne point imiter :

> Ætherium sensum atque auraï simplicis ignem.
> . . . . Confestim alacres admittier orant.   (VIRG.)

image, ou pour représenter par les sons l'objet dont on parle. Exemple :

Sternitur, exanimisque tremens procumbit humi bos. (Virg.)
Parturiunt montes, nascetur ridiculus mus.   (Hor.)

101. II. Le vers peut finir aussi par un mot tiré du grec, qui ait quatre ou cinq syllabes [1] :

Nulla Venus [2] nullique animum flexere hymenæi [3].
Saltantes satyros imitabitur Alphesibœus [4].   (Virg.)

102. III. Une syllabe brève à la fin d'un mot et terminée par *l, n, r, s,* ou *v,* et rarement *t,* peut devenir longue à l'arsis, parce que, ces consonnes étant très coulantes, on est censé les doubler dans la prononciation. Exemples :

Luctus ubique, pav*ŏr*, et plurima mortis imago.
Seu mollis violæ, seu languen*tīs* hyacinthi [5]. (Virg.)

103. IV. De même une syllabe brève, terminée par une voyelle et finissant un mot, peut devenir longue à

---

[1] Dans l'épître et la satire, on trouve beaucoup de vers finissant par des mots de quatre ou de cinq syllabes, lors même que ces mots ne sont pas tirés du grec. En effet, comme nous l'avons déjà fait observer, la satire et l'épître aiment à dissimuler le vers sous le voile de la prose.

[2] *Nulla Venus,* scilicet nullus amor.

[3] Ὑμέναοι.

[4] Ἀλφεσιϐοῖος.

[5] La syllabe finale de *pavor* et de *languentis* s'allonge comme s'il y avait *pavor ret, languentis shyacinthi.* — Cette licence de métrique et les deux suivantes (103 et 104) ont été mal interprétées par les critiques, ou même imputées comme fautes à Virgile. Cependant elles sont très légitimes : la poésie latine les emprunte à Homère, qui en fait un usage plus fréquent encore. — La réduplication est rare à la thésis : on en trouve pourtant des exemples :

Sancta ad vos anima, atque istius inscia culpæ.   (*Æn.,* xii, 648.)

Scandez :

Sanct' ad | vos anim' | atqu' is- | tiŭs | sinscia | culpæ.

Plusieurs commentateurs supposent que dans ce vers la dernière syllabe de *anima* s'allonge à l'arsis. Mais cette licence est sans exemple dans Homère, et Virgile ne dépasse jamais les hardiesses de son modèle.

l'arsis, lorsque le mot suivant commence par *l, m, n, r,*
s ou *v*. On prélude, pour ainsi dire, à ces consonnes initiales, en prononçant la syllabe finale du mot qui les
précède :

> Limina*que*, laurus*que* dei, totus*que* moveri
> Mons circum...　　　　　　　　　　　　　　　　(Virg.)

> Sidera*que*, ventique nocent avidæque volucres[1]. (Ovid.)

104. V. Les meilleurs poètes omettent quelquefois
d'élider un voyelle finale longue, à l'arsis, devant une
voyelle :

> Mæoni- | ā gene- | rose do- | *mŏ,* ubi | pinguia | culta
> Exercentque viri, Pactolusque irrigat auro.　　(Virg.)

> Atque Ge- | *tæ* at- | que Hebrus　et | Actias | Orī- | thȳiā[2].
> 　　　　　　　　　　　　　　　　　　　　　　　　　　　(Virg.)

Ils omettent aussi quelquefois l'élision à la *thésis*. En
ce cas, la syllabe non élidée est nécessairement réputée
brève, alors même qu'elle est longue de sa nature[3].
Exemple :

> Nomen et arma locum servant : *tĕ,* amice, nequivi
> Conspicere.
> 　　　　　　　　　　　　　　　Clamore supremos
> Implerunt montes ; flerunt Rhodopēïæ̆[4] arces.
> Et longum, formose, valē, valĕ, inquit, Iola.
> 　　　　　　　　　　　　　　　　... Nautæ
> Clamarunt, ut littus « Hylā, Hylă » omne sonaret[5]. (Virg.)

---

1 Scandez comme s'il y avait *liminaquel laurusque ; sideraquev ven-*
tique.

2 Ce vers est spondaïque ; car *Orithyia* n'a que quatre syllabes :
'Ωρείθυια.

3 Une fois seulement, Virgile conserve, à la *thésis,* la quantité longue
d'une syllabe finale non élidée sur la voyelle suivante. Ainsi la finale
non élidée de *Glauco* devrait régulièrement s'abréger. Mais elle demeure
longue dans le vers suivant :

> Glaũcŏ | ĕt Pănŏ- | pēæ̆ ĕt | Inŏ- | ŏ Mĕlĭ- | cērtæ.

On trouve dans Homère quelques exemples de cette licence, mais ils
sont extrêmement rares.

4 'Ροδοπήϊαι.

5 *Hyla,* vocatif de *Hylas,* nom propre tiré du grec. Observez que la

105. VI. Rarement la voyelle qui termine un vers s'élide avec la voyelle qui commence le vers suivant. Exemple :

Sternitur infelix alieno vulnere, cœlum*que*
Aspicit...   (VIRG.)

ARTICLE III

De la cadence des vers.

106. Ce que Boileau a dit de la poésie française, on peut le dire ici de la poésie latine :

Il est un heureux choix de mots harmonieux ;
Fuyez des mauvais sons le concours odieux :
Le vers le mieux rempli, la plus noble pensée
Ne peut plaire à l'esprit, quand l'oreille est blessée.

Il y a des cadences générales, et des cadences particulières, qui ne sont admissibles qu'en certaines circonstances. Pour se former une idée juste des cadences générales, il est nécessaire d'avoir quelques notions précises sur la *césure du vers*.

§ I

Césure du vers.

107. La *césure* (τομή)[1] est un repos marqué par le sens ou par une chute agréable à l'oreille, et qui partage le vers en deux hémistiches[2]. Elle est essentielle au

---

syllabe finale, dans *Hyla*, est tour à tour longue à l'*arsis*, et brève à la *thésis*. Elle est longue de sa nature (19, 1re exception).

[1] Nous conseillons aux jeunes gens de lire le chapitre qui traite de la césure du vers dans l'abrégé de Prosodie grecque, au supplément de la *Grammaire grecque*, par M. l'abbé Maunoury, ou le *Traité de Prosodie grecque*, du même auteur. — Sur l'emploi du mot *césure*, voyez ce que nous avons dit plus haut, p. 40, n. 2.

[2] Les Grecs appellent κῶλα, membres, ces deux parties du vers.

vers hexamètre, et sans elle tout le nombre et toute
l'harmonie disparaissent [1]. Exemple :

Sicelides Musæ, | paulo majora canamus.
O fortunatos nimium, | sua si bona norint
Agricolas! | (VIRG.)

En français, le vers de dix syllabes doit avoir un repos après la quatrième :

Maître corbeau | sur un arbre perché.   (LA FONT.)

Le vers de douze syllabes est coupé après la sixième,
et forme deux hémistiches égaux.

Travaillez à loisir, | quelque ordre qui vous presse.   (BOIL.)

En latin, le vers héroïque doit toujours, lui aussi,
être coupé en deux hémistiches ; mais ces deux sections
de vers sont inégales [2].

Ainsi la *césure* suivante serait défectueuse :

Nos patriæ telluris | dulcia linquimus arva [3].

Il est interdit de suspendre le vers après le second
pied, à moins que celui-ci ne soit un dactyle formé

---

1 L'hexamètre ne peut avoir moins de treize syllabes. Or il est diffi-
cile et il serait disgracieux de prononcer, sans interruption, treize syllabes de suite. De là l'obligation de ménager dans le vers un repos, une
césure.

2 Nous verrons bientôt (112) que, pour produire une cadence particulière, on peut exceptionnellement partager le vers en deux hémistiches égaux. Encore est-il nécessaire pour cela que le troisième pied
soit un dactyle.

3 On doit éviter de partager ainsi le vers en deux hémistiches égaux,
non seulement dans la composition, mais encore dans la lecture du vers.
Ainsi, dans l'hymne *Virgo, Dei Genitrix,* lisez :

Hinc merito dicent | te sæcula cuncta beatam.

Et non pas :

Hinc merito dicent te | sæcula cuncta beatam.

Cette lecture vicieuse ferait disparaître la beauté du vers.

d'une coupe syllabique et d'un dissyllabe. Ainsi ne dites pas :

Profuderunt | cum generoso sanguine vitam.

Mais on dira bien avec Virgile :

Respexit tamen, | et longo post tempore venit.

108. Parmi les césures du vers héroïque, il en est trois qui appartiennent plus spécialement à cette poésie, ce sont :

1° Celle qui suit la troisième arsis [1] : elle donne au vers la cadence la plus majestueuse. Exemple :

Sicelides Musæ, | paulo majora canamus.   (Virg.)

2° Celle qui arrête le vers après le troisième trochée [2]. Cette suspense, qui est grave, se rencontre assez souvent en latin; mais elle est plus fréquente encore dans Homère. Exemple :

O passi graviora, | dabit Deus hunc quoque finem. (Virg.)

3° Celle qui est placée après la quatrième arsis [3]. Elle se prête aux pensées élevées et aux nobles sentiments. Exemple :

Tu regere imperio populos, | Romane, memento.   (Virg.)

---

1 On l'appelle *césure penthémimère* (τομὴ πεντεμιμερὴς, venant après cinq demi-pieds).

2 Elle était appelé chez les Grecs τομὴ κατὰ τρίτον τροχαῖον. Ainsi placé après le deuxième pied, un trochée peut dispenser un vers de la loi de la coupe syllabique que nous avons définie (71). Exemple :

Et proni dant lora; | volat vi fervidus axis. (Virg.)

Citons encore un vers magnifique de la première églogue. En le lisant, on élève la voix sur la syllabe accentuée du trochée *culta;* et après ce mot, qui est prédominant dans la pensée du poète, l'oreille saisit une chute harmonieuse :

Impius hæc tam cúlta | novalia miles habebit. (Virg.)

3 C'est la césure *hephthémimère* (ἐφθημιμερὴς, succédant à sept demi-pieds).

Quelques autres césures méritent encore d'être re-
marquées. Elles sont au nombre de quatre et se trouvent :

1° Après le premier dactyle. Cette coupe de vers est
assez vive et propre à fixer l'attention. Le plus souvent
elle est accompagnée d'une ou de plusieurs autres suspenses. Exemple :

> Dixerat, | et tenues fugit, ceu fumus in auras.   (VIRG.)

2° Après la seconde arsis [1]. Exemple :

> Libertas, | quæ sera tamen respexit inertem.   (VIRG.)

3° La césure qui suit le quatrième dactyle est simple
et gracieuse. Elle était familière à Théocrite : aussi l'a-
t-on surnommée césure bucolique [2]. Exemple :

> Namque erit ille mihi semper Deus; | illius aram
> Sæpe tener nostris ab ovilibus | imbuet agnus.   (VIRG.)

4° Après le cinquième trochée. Cette césure indique
une espèce de suspension dans la pensée : on l'emploie
surtout pour laisser attendre une idée forte ou grandiose. Exemple :

> Ast ego, quæ divum incedo Regina, | Jovisque
> Et soror et conjux.   (VIRG.)

Rejets ou enjambements d'un vers sur l'autre.

109. C'est une loi de la cadence, dans les vers héroïques, que le sens ne soit pas terminé ou suspendu à
la fin de chaque vers. Le plus souvent un ou plusieurs
mots, servant à compléter une proposition, sont re-
portés au vers suivant. En un mot, l'enjambement d'un

---

[1] On appelait cette césure *trihémimère* (τριημιμερὴς, venant après
trois demi-pieds).

[2] Virgile emploie quelquefois la césure bucolique même dans le genre
grandiose. Exemple :

> Continuo, ventis surgentibus, | aut freta ponti
> Incipiunt agitata tumescere.   (VIRG.)

vers sur l'autre, contraire au génie de la poésie française, est exigé par la poésie latine.

Parfois le rejet forme lui-même la coupe principale du
vers :

> Interea medium Æneas jam classe tenebat
> Certus iter, | fluctusque atros Aquilone secabat.
> Et mediis properas Aquilonibus ire per altum,
> Crudelis[1] ! | (Virg.)

Ces mots *certus iter, crudelis,* ainsi rejetés, font heureusement ressortir l'idée qu'ils représentent.

Le rejet d'un spondée seul est très rare. On l'emploie bien cependant pour produire une harmonie spéciale, pour insister sur une idée importante :

> Vox quoque per lucos vulgo exaudita silentes
> Ingens. | (Virg.)

§ II

De quelques cadences particulières.

110. Outre ces cadences générales, il y a des cadences particulières, plus marquées, résultant de
modulations[2] et de césures extraordinaires[3], propres à
peindre les objets. C'est un des moyens dont le poète se
sert pour relever ou embellir l'expression. Il rend le
nombre grave ou léger, doux ou véhément, selon la
différence des choses qu'il veut exprimer.

I. *Cadences graves et nombreuses.*

111. Ces cadences servent à peindre les objets
graves et majestueux, les choses tristes et lugubres. Il

---

[1] Paroles de Didon à Énée, pour l'empêcher de s'embarquer sur une
mer orageuse.

[2] On appelle modulation l'arrangement des syllabes longues et brèves,
coulantes et fermes, sonores et fugitives.

[3] Les jeunes gens, dans leurs compositions, doivent rechercher habi-

faut alors employer les spondées et les grands mots :

> Annuit, et totum nutu tremefecit Olympum[1].
> Luctantes ventos tempestatesque sonoras.
> Exstinctum Nymphæ crudeli funere Daphnin
> Flebant. (VIRG.)

> Ostendent terris hunc tantum fata, | neque ultra
> Esse sinent...[2] (VIRG.)

Le vers spondaïque est particulièrement destiné à former cette cadence. Tantôt il exprime l'étonnement :

> Constitit, atque oculis Phrygia agmina circumspexit. (VIRG.)

Tantôt il exprime la dignité, la grandeur :

> Cara deûm soboles, magnum Jovis incrementum. (VIRG.)
> Nec brachia longo
> Margine terrarum porrexerat Amphïtrite. (OVID.)

Un poète chrétien emploie très heureusement le vers spondaïque pour exprimer le dernier soupir de Notre-Seigneur Jésus-Christ :

> Supremamque auram, ponens caput, exspiravit[3]. (VIDA.)

II. *Cadences légères et rapides.*

112. Elles demandent des dactyles et des mots d'une prononciation brève et légère. Cette espèce de cadences, ainsi que les suivantes, indiquent par elles-mêmes leur usage et leur propriété.

> Quadrupedante putrem sonitu quatit ungula campum.

---

tuellement les césures les plus usitées dont nous avons parlé (108). Ils n'en saisiront que mieux l'effet de certaines suspenses exceptionnelles qui, ménagées à propos, donnent lieu à de grandes beautés littéraires.

1 Un simple dactyle nous peint un signe de tête de Jupiter; puis un hémistiche long et majestueux représente tout l'Olympe ébranlé.

2 Il s'agit ici du jeune Marcellus, dont Anchise prédit la mort prématurée. Rien n'exprime mieux la douleur que ce vers lent et traînant, dont le dernier dactyle est interrompu comme par un sanglot.

3 Dernier vers du poème de la *Christiade.*

Vel mare per medium, fluctu suspensa tumenti,
Ferret iter, celeres nec tingeret æquore plantas.

        Juvenum manus emicat ardens
Littus in Hesperium.   (Virg.)

Certaines cadences un peu moins rapides offrent une harmonie expressive et énergique. Tels sont les vers suivants dont le troisième, exceptionnellement coupé en deux parties égales, produit un bel effet :

Continuo ventis surgentibus, aut freta ponti
Incipiunt agitata tumescere, et aridus altis
Montibus audiri fragor, | aut resonantia late
Littora misceri, et memorum increbrescere murmur. (Virg.)

III. *Cadences douces.*

113. Il faut employer des mots doux ou coulants, et les arranger de la manière la plus propre à flatter l'oreille :

Ver erat æternum; placidique tepentibus auris
Mulcebant zephyri natos sine semine flores.   (Ovid.)

Mollia luteolā pingit vaccinia calthā.

Unda levi somnum suadebit inire susurro.   (Virg.)

IV. *Cadences dures et rudes.*

114. Tum ferri rigor atque argutæ lamina serræ.

Monstrum horrendum, informe, ingens, cui lumen adem-
Hinc exaudiri gemitus, et sæva sonare   [ptum[1].
Verbera; tum stridor ferri, tractæque catenæ.

Tum demum horrisono stridentes cardine sacræ

Panduntur portæ.   (Virg.)

---

[1] *Monstrum horrendum*, Polyphème. Ce vers, chargé de spondées, est d'une beauté remarquable. Mais il est bon de rappeler ici qu'un hexamètre est mauvais lorsque, sans une raison spéciale, ses quatre premiers pieds sont des spondées.

V. *Cadences pesantes et embarrassées.*

115. Illi[1] inter sese magna vi brachia tollunt
In numerum, versantque tenaci forcipe ferrum.

Ergo ægre rastris terram rimantur.

Agricola, incurvo terram molitus aratro,
Exesa inveniet scabra rubigine pila.   (VIRG.)

VI. *Cadences suspendues.*

116. Turne, | per has ego te lacrymas, per si quis Amatæ[2]
Tangit honos animum...   (VIRG.)

Ici la cadence est suspendue dès le premier mot,
comme pour fixer l'attention de Turnus.

Tumidusque novo præcordia regno
Ibat, | et ingenti sese clamore ferebat.   (VIRG.)

Il s'agit de Nomanus; et la césure qui suit le premier
trochée du second vers, *ibat,* peint à merveille la fière
démarche de ce guerrier.

Procubuere : | silent late loca : percipe porro
Quid dubitem.   (VIRG.)

Ces courts membres de phrase donnent à la pensée
quelque chose de mystérieux, et montrent que les
idées se succèdent rapidement dans l'âme de celui qui
parle.

Illi instant verbere torto,
Et proni dant lora; | volat vi fervidus axis. (VIRG.)

Rien de plus beau que cette césure, après deux vi-
goureux spondées et un trochée. Elle nous montre les
cochers attentifs et comme suspendus sur leurs che-
vaux.

---

1 Les Cyclopes qui forgent la foudre dans les cavernes de l'Etna.
2 *Amata,* Amate, femme du roi Latinus et mère de Lavinie.

117. Les cadences qui partagent le vers après un dactyle rapide, ou divisent le dernier pied, et celles qui sont marquées par une chute à la fin du vers, sont quelquefois d'une grande beauté :

Illa[1] Noto citius celerique sagitta
Ad terram fugit, | et portu se condidit alto.

Olli somnum ingens rupit pavor | ...

Hæret pede pes, densusque viro | vir.

Sternitur, exanimisque tremens procumbit humi | bos.
Sic fatur senior, telumque imbelle sine ictu
Conjecit.   (VIRG.)

CHAPITRE XI

EXPLICATION DE QUELQUES TERMES DE MÉTRIQUE QUI SERONT EMPLOYÉS DANS LA SUITE DE CET OUVRAGE

118. Les chapitres suivants traiteront des différentes espèces de vers dont nous n'avons pas encore parlé. Mais il faut d'abord expliquer quelques termes de métrique dont nous aurons occasion de nous servir.

Pieds usités dans la poésie latine.

119. On distingue vingt-huit pieds, savoir :

4 pieds de deux syllabes.

Le pyrrhique,	*rŏsă.*
Le trochée ou chorée,	*ārmă.*
L'iambe,	*dĭēs.*
Le spondée,	*ūrbēs.*

---

[1] *Illa*, scilicet navis Cloanthi.

8 pieds de trois syllabes.

Le tribraque,	*lĕgĭtĕ.*
Le dactyle,	*cārmĭnă.*
L'anapeste,	*pĭĕtās.*
L'amphibraque,	*ămārĕ.*
L'amphimacre,	*aūdĭunt.*
Le bacchius,	*pŏtēstās.*
L'antibacchius,	*gāudētĕ.*
Le molosse,	*mājēstās.*

16 pieds de quatre syllabes.

Le procéleusmatique,	*rĕfĭcĭtĕ.*
Le diiambe,	*părāvĕrănt.*
Le dichorée,	*cōmprŏbārĕ.*
Le choriambe,	*pērcĭpĭŭnt.*
L'antispaste,	*rĕpōrtāndă.*
Le grand ionien,	*prūdēntĭă.*
Le petit ionien,	*săpĭēntēs.*
L'épitrite 1ʳᵉ,	*rĕvĕlārēnt.*
— 2ᵉ,	*cōncĭnēbās,*
— 3ᵉ,	*cōgnōvĕrĭnt.*
— 4ᵉ,	*dēlēctārĕ.*
Le péon 1ᵉʳ,	*cōncĭpĕrĕ.*
— 2ᵉ,	*fĭdēlĭă.*
— 3ᵉ,	*pĭĕtātĕ.*
— 4ᵒ,	*sŏcĭĕtās.*
Le dispondée,	*rēspōndērŭnt.*

On voit que l'épitrite a une brève et trois longues;
et le péon une longue et trois brèves. Les différents
épitrites sont distingués entre eux par le rang qu'occupe la syllabe brève, et les péons par la place de la
longue.

Rhythme; désignation des vers.

120. Le rhythme est une modulation formée par une série de temps mesurés. Ainsi on appelle rhythme dactylique, iambique, trochaïque, une succession de syllabes qui offrent, à intervalles réguliers, des dactyles, des iambes, des trochées.

Pareillement le vers où domine le dactyle, l'iambe, etc., est appelé vers dactylique, iambique, etc. Or le dernier pied complet du vers est censé dominer tous les autres pieds. On se souvient que dans le vers héroïque, par exemple, le dernier pied complet est le cinquième (car le sixième perd une syllabe et se trouve ainsi réduit à un trochée). Le vers héroïque appartient donc à la classe des vers dactyliques.

Mètres.

121. L'étendue d'un vers est indiquée par les épithètes de monomètre, dimètre, trimètre, tétramètre, pentamètre, hexamètre, selon que le vers est composé d'un, de deux, de trois, de quatre, de cinq ou de six mètres.

Dans les rhythmes iambique, trochaïque et anapestique, un mètre est une dipodie ou réunion de deux pieds; au lieu que dans le rhythme dactylique, et dans ceux qui emploient des pieds plus longs que le dactyle, tels que le choriambe, l'ionique, etc.; le mètre n'est composé que d'un pied. Ainsi le dactylique tétramètre a quatre mètres ou quatre pieds, le trochaïque tétramètre a quatre mètres ou huit pieds.

Suppression et addition de syllabes.

122. On dit qu'un vers est catalectique [1], s'il lui manque une syllabe; brachycatalectìque, s'il lui en

---

[1] Καταληκτικός (de καταλήγω, cesso), qui s'interrompt en laissant le vers inachevé.

manque deux; hypermètre, s'il a une syllabe de sur-
croît après le dernier pied.

Base et anacrouse.

123. Lorsque le premier pied d'un vers doit être un
pied étranger au rhythme de ce vers, il prend le nom
de base.

On appele anacrouse une syllabe qui se trouve en tête
de certains vers lyriques, avant la première arsis,
dont elle est comme le prélude [1].

Système; clausule.

124. Un système est, en métrique, une série de plusieurs vers formant un enchaînement continu de vers
connexes. Or les vers connexes sont traités comme s'ils
n'en formaient qu'un seul. Tant qu'un système n'est
pas terminé, on peut passer d'un vers à l'autre en cou-
pant un mot; mais tout système doit se terminer par
un mot entier. C'est ce qu'on peut remarquer dans
beaucoup de chœurs dramatiques.

Un système ne pouvait contenir des strophes de plusieurs espèces; mais une strophe pouvait contenir plusieurs systèmes; et l'on passait, par exemple du système trochaïque au système dactylique.

125. On appelle clausule un petit vers jeté au milieu
ou à la fin d'un système de vers plus grands, mais
d'espèce analogue. Les clausules ont pour but tantôt
de varier l'harmonie, tantôt de fixer l'attention par ce
changement, qui, dans les chœurs dramatiques, est
souvent imprévu.

---

[1] En ce sens de prélude ou d'intonation, le mot anacrouse (ἀνά-
κρουσις), est aussi employé dans la musique.

CHAPITRE XII

RHYTHME DACTYLIQUE

126. Outre le vers héroïque et le vers élégiaque, dont nous avons parlé, le rhythme dactylique comprend encore le tétramètre alcmanien, le dimètre hypermètre, et le dimètre proprement dit [1].

127. Le tétramètre.alcmanien [2] se compose de deux pieds qui sont dactyles ou spondées; le troisième est un dactyle et le quatrième un trochée ou un spondée. Horace le fait alterner avec l'héroïque, dont il offre lui-même les quatre derniers pieds.

Lauda– | bunt ali- | i cla- | ram Rhodon, | aut Mity- | lenen,
   Aūt Ephĕ- | sūm bĭmă- | rīsvĕ Cŏ- | rīnthi
Mœnia.

Le troisième pied du tétramètre est quelquefois spondée, et le dactyle obligé se trouve alors ramené au second pied. Exemple :

   Mēnsō- | rēm cŏhĭ- | bēnt, Ar- | chȳta.   (Hor.)

128. Le phalisque, dû au poète de ce nom est voisin de l'alcmanien. Il a trois dactyles et un iambe. Exemple:

   Quī sĕrĕre | ārbŏrĭ- | būs vŏlĕt | ăgrum,

---

[1] On peut aussi ranger parmi les vers dactyliques le phérécratien, trimètre formé d'un dactyle entre deux spondées :

   Crās dŏ- | nābĕrĭs | hædo.

Mais il est mieux de rattacher ce vers au rhythme choriambique :

   Crās dŏ- | nābĕrĭs hæ- | do.

[2] Alcman, de Sardes, poète lyrique, florissait vers la fin du vii⁰ siècle avant J.-C.

Lībĕrĕt | ārvă prĭ- | ūs frŭtĭ- | cĭbus,
Fālcĕ rŭ- | bōs ĭlĭ- | cēmquĕ rĕ- | sĕcet.   (Boece.)

129. Le dimètre hypermètre archilochien a deux dactyles et une syllabe isolée, c'est le second hémistiche du pentamètre élégiaque. Ce vers alterne avec l'héroïque. Exemple :

Diffu- | gere ni- | ves, rede- | unt jam | gramina | campis,
Arbŏrĭ- | būsquĕ cŏ- | mæ.

130. Le dimètre ou adonique est formé des deux derniers pieds de l'hexamètre. Nous le verrons plus loin terminer la strophe saphique [1].

Ocior | Euro.

CHAPITRE XIII

RHYTHME IAMBIQUE [2]

ARTICLE I

Le trimètre et le dimètre.

131. Les deux vers iambiques les plus usités sont le trimètre et le dimètre.

132. Le vers iambique ou sénaire (*senarius*) [3] est celui qui a trois mètres ou dipodies (six pieds).

---

[1] Boëce et Ennodius l'emploient seul :

Gaudia pelle,
Pelle timorem,
Spemque fugato
Nec dolor absit.   (Boece.)

Cette continuité du vers saphique est monotone, et fatigue promptement.

[2] Sur l'origine et l'usage des vers iambiques, voyez à la fin du volume la note *E*.

[3] Æsopus auctor quam materiam repperit
Ego polivi versibus *senariis*.   (Phæd.)

On distingue l'iambique pur, le tragique, et le comique.

133. L'iambique pur se compose de six iambes. Ex. :

Bĕā- | tŭs īl- | lĕ quī | prŏcūl | nĕgō- | tĭīs.   (HOR.)

134. L'iambique tragique est le plus noble. On y admet le spondée aux pieds impairs, afin de le rendre majestueux et ferme [1]. Exemple :

Nōn ēst | ăd ās- | tră mōl- | lĭs ē | tērrīs | vía.   (SÉN.)

Puis, comme une longue vaut deux brèves, il est permis de remplacer le spondée par l'anapeste aux pieds impairs, et l'iambe par le tribraque, aux quatre premiers pieds. Toutefois on ne met jamais deux tribraques de suite. Le sixième pied est essentiellement un iambe. Le vers suivant offre un exemple du tribraque au second rang et de l'anapeste au cinquième.

Quæ pōs- | sĕ fĭĕ- | rī nōn | pŭtes, | mĕtŭās | tămen. (SÉN.)

On voit rarement le dactyle au premier pied; il se rencontre plus souvent au troisième. Exemple :

Pējō- | ră jŭvĕ- | nēs făcĭ- | lĕ præ- | cēpta aū- | dĭunt. (SÉN.)

L'iambique pur et le tragique sont les seuls que l'on trouve chez Horace. Ce poète n'emploie guère l'anapeste qu'au premier pied, et le tribraque ne se voit ordinairement qu'au deuxième.

L'iambique sénaire alterne bien avec l'héroïque.

> Altera jam teritur bellis civilibus ætas,
>   Suis et ipsa Roma viribus ruit.

135. Enfin l'iambique comique ou libre est celui dont se servent les poètes de l'ancienne comédie et les fabulistes. Il exige l'iambe au sixième pied seulement.

---

[1] Ce vers est très beau dans Sénèque. Mais il a son type parfait dans les tragiques grecs :

Ὦ τέ- | κνα, Κάδ- | μου τοῦ | πάλαι | νέα | τροφή.   (SOPH.)

Les cinq premiers peuvent être indifféremment spondées, dactyles, anapestes ou tribraques [1]. Exemple :

Ad ĕūm- | dēm rī- | vūm Lŭpŭs | ĕt A- | gnūs vē- | nĕrant,
Sĭtī | cōmpūl- | sī : sŭpĕr- | ĭōr | stābāt | Lŭpus,
Lōngē- | que īnfĕrĭ- | ŏr A- | gnūs. Tūnc | faūce īm- | prŏba
Lătro īn- | cĭta- | tūs jūr- | gĭī | caūsam īn- | tŭlit. (Phèd.)

Sénèque et Phèdre admettent, bien que rarement, le procéleusmatique (∪ ∪ ∪ ∪) au premier pied. Exemple :

Pătĕfăcĭ- | te ăcēr- | bā cæ- | dĕ fū- | nēstām | dŏmum. (Sén.)
Păvĕt ănĭ- | mŭs, ār- | tūs hŏr- | rĭdūs | quāssāt | trĕmor.
(Phèd.)

136. La liaison des pieds se fait dans l'iambique sénaire, comme dans l'hexamètre héroïque, c'est-à-dire que les pieds s'étendent d'un mot à l'autre dans la mesure du vers [2]. On peut aisément le remarquer dans les exemples ci-dessus.

En outre, le trimètre iambique est ordinairement coupé par une césure au milieu du troisième ou du quatrième pied. Exemple :

Ranæ, vagantes | liberis paludibus,
Clamore magno | regem petiere ab Jove,
Qui dissolutos mores | vi compesceret. (Phèd.)

Toutefois la césure qui partage en deux le second pied n'est pas rare : elle forme très bien un rejet. Ex. :

Vicini furis celebres vidit nuptias
Æsopus. | ...

137. L'iambique dimètre est composé de deux mè-

---

[1] Voici un exemple du sénaire comique chez les Grecs :
Βουλόμε- | θα πλου- | τεῖν πάν- | τες, ἀλλ' | οὐ δυνά- | μεθα. (Mén.)

[2] Le sénaire composé de pieds isolés ressemble à une prose monotone. On le trouve pourtant quelquefois dans la vieille comédie. Exemple :
Quasi claudus sutor domi sedet totos dies. (Plaut.)

Parfois la belle prose, au contraire, glisse au milieu du discours un élégant trimètre. Telle est cette phrase harmonieuse de Cicéron : *Senatus hæc intelligit, consul videt.* (I *Catilin.*)

tres ou dipodies (quatre pieds). Pur, il a quatre iambes.
Mais il admet très bien le spondée aux pieds impairs.
On trouve aussi, mais plus rarement, au premier et au
troisième pied le tribraque, équivalent de l'iambe,
l'anapeste et le dactyle, équivalents du spondée.
Exemple :

> Ut prīs- | că gēns | mōrtā- | lĭu̇m.   (Hor.)

Le dimètre, ayant peu d'étendue, n'est pas astreint à
la césure, mais on y observe la liaison métrique par
l'enjambement des mots d'un pied à l'autre, comme on
le voit dans le vers que nous venons de citer.

Horace ne l'emploie jamais seul ; il aime à le faire alterner avec le trimètre.

> Beatus ille, qui, procul negotiis,
>   Ut prisca gens mortalium,
> Paterna rura bobus exercet suis,
>   Solutus omni fœnore.   (Hor.)

Le dimètre iambique alterne aussi très bien avec
l'hexamètre héroïque. Exemple :

> Horrida | tempes- | tas cœ- | lum con- | traxit et | imbres,
>   Nĭvēs- | quĕ dē- | dūcūnt | Jŏvem.   (Hor.)

Le dimètre continu est employé par Sénèque [1], Prudence, Fortunat, saint Ambroise. Dans les hymnes de
l'Église, la strophe composée de quatre iambiques dimètres est souvent pleine de grâce :

> Lux alma, Jesu, mentium,
> Dum corda nostra recreas,
> Culpæ fugas caliginem,
> Et nos reples dulcedine.
>   (*Brev. Rom.*, *fête de la Transfig. de N.-S.*)

---

[1]   Instant sorores squalidæ
         Sanguinea jactant verbera ;
         Fert læva semustas faces,
         Turgentque pallentes genæ.   (Sén.)

On a justement admiré cette strophe de Coffin :

> O quando lucescet tuus,
> Qui nescit occasum, dies !
> O quando sancta se dabit,
> Quæ nescit hostem patria !

138. L'iambique dimètre catalectique, appelé aussi anacréontique[1] est admis dans les chœurs de la tragédie et de la comédie. Il a trois pieds et demi. Exemple :

> Flăgrānt | gĕnæ | rŭbēn- | tes
> Pāllōr | fŭgāt | rŭbō- | rem.   (Sén.)

139. Le dimètre hypermètre, de quatre pieds et une syllabe, appartient à la strophe alcaïque, dont nous parlerons plus loin (159).

> Nōn vūl- | tŭs īns- | tāntis | tўrān- | ni.   (Hor.)

140. Enfin l'iambique, qui a cinq pieds et une syllabe, tient le milieu entre le dimètre hypermètre et le trimètre complet ; il se nomme trimètre catalectique ou trimètre archilochien. Exemple :

> Mĕā | rĕnī- | dĕt īn- | dŏmō | lăcū- | nar.   (Hor.)

Scazon.

141. L'iambique trimètre prend le nom de scazon ou choliambe[2], lorsqu'il remplace le dernier iambe par un spondée.

Alors le cinquième pied est toujours un iambe. Ex. :

> Mĭsēr | Cătul- | lĕ, dē- | sĭnās | ĭnē- | ptīrę.   (Cat.)

ARTICLE II

L'iambique tétramètre

142. L'iambique tétramètre ou octonaire est ainsi appelé parce qu'il a quatre mètres ou dipodies. On le

---

[1] Anacréon, poète ionien, né vers 560, et mort vers 478 av. J.-C.

[2] Σκάζων ou χωλός, boiteux. Ce vers fut inventé, dit-on, par Hipponax, poète satyrique du vie siècle avant J.-C. Théocrite et Babrius, Catulle et Martial ont des poésies de cette mesure. La préface des satires de Perse est aussi en choliambes.

nomme aussi octonaire, parce qu'il a huit pieds. Il admet, pour les substitutions, les mêmes libertés que le trimètre (132 et suiv.) Exemple :

Quam ĭnī- | quī sūnt | pătrēs, | ĭn ōm- | nēs ădŏ- | lēscēn- | tēs,
[jū- | dīces [1] !   (TÉR.)

143. Le tétramètre catalectique, ou septénaire, a sept pieds plus une syllabe. Exemple :

Nām sī | rĕmīt- | tānt quīp- | pĭām | Phĭlū - | mēnæ | dŏlō- |
[res. (TÉR.)

L'octonaire et le septénaire sont habituellement coupés après le quatrième pied; et même la césure peut être assez profonde pour supprimer l'élision entre les deux hémistiches, et pour allonger la finale du premier, si elle est brève de sa nature. Exemples :

O Trō- | ja, ō pătrĭ- | a, ō Pēr- | gămūm ! || O Prĭă- | mĕ pĕrĭ-
[| īslī, | sĕnēx ! (PLAUT.)

Sēd sī | tĭbĭ vī- | gīntī | mĭnæ || ārgēn- | tī prō- | fĕrēn- | tur.
(PLAUT.)

ARTICLE III

Autres iambiques.

144. Le monomètre a deux pieds, et le monomètre hypermètre, deux pieds et demi. Ces deux petits vers sont employés à titre de clausules (124). Le premier iambe est souvent remplacé par le dactyle ou par l'un des équivalents du dactyle [2].

Térence emploie le monomètre :

Pēssĭmă, | măne. (*Truculentus*; II, 1.)

Saint Augustin, sur le monomètre hypermètre, donne ce modèle :

Bŏnūs | bĕă- | tus !

---

[1] *Heautontimorumenos*, act. I, sc. IV.
[2] Parfois l'iambique monomètre hypermètre pérd tous ses iambes, et ne se reconnaît que par le système auquel il est joint. Tel est ce vers de Térence qui sert de clausule à un système iambique :

Dīscrŭcĭ- | ŏr ănĭ- | mi !

CHAPITRE XIV

RHYTHME TROCHAIQUE[1]

ARTICLE I

Du tétramètre.

145. Les deux vers trochaïques les plus majestueux sont l'octonaire ou tétramètre complet, et le septénaire ou tétramètre catalectique.

Le tétramètre ou octonaire est de quatre dipodies ou de huit pieds. Une césure le partage en deux hémistiches égaux. Dans sa forme rigoureuse, il n'admet aux pieds impairs que le trochée ou l'anapeste : quant au spondée et à ses équivalents, ils peuvent trouver place aux pieds du nombre pair[2]. Libre, ce vers reçoit avec le trochée et le spondée tous leurs équivalents (c'est-à-dire tous les pieds qui ont une durée d'un temps et demi, et de deux temps); toutefois il rejette l'iambe. Exemple :

Optā- | tĭ cī- | vēs pŏpŭ- | lārēs, || īncŏ- | læ, āccŏ- | læ, ādvĕ-
[| næ | ōmnes. (Tér.)

146. Le tétramètre catalectique ou septénaire a sept pieds et une syllabe, et il est régulièrement coupé après la seconde dipodie. Tel est ce vers de Prudence[3].

Dā, pŭ- | ēr, plē- | ctrūm chŏ- | rēīs, || ūt că- | nām fī- | dēlĭ- |
[bus.

---

1 Sur l'origine et l'usage des vers trochaïques, voyez à la fin du volume la note *F*.

2 Servius propose ce vers comme exemple :
  Pārcĕ | jām, că- | mēnă, | vătĭ; || pārcĕ | jăm să- | crŏ fŭ | rōrĭ.

3 *Prudence,* poète chrétien du iv⁰ siècle.

Le septénaire est fréquent et très libre dans les comédies de Térence et de Plaute. Chez eux le trochée
n'est indispensable qu'au septième lieu. On le trouve
aussi avec les mêmes libertés dans Lucilius :

Prōspĭcĭ- | ēndum ēr- | go īn sĕ- | nēctā : ‖ nūnc ēst | ădŏlē- |
[scēntĭ- | a. (Lucil.)

147. Parmi les hymnes de l'Église, celles qui sont
composées de septénaires trochaïques suivent des lois
rigoureuses. Le trochée seul est admis aux rangs impairs, et partout ailleurs on ne voit que le trochée ou le
spondée. La césure vient toujours après la seconde dipodie. Exemple :

Lūstră | sēx quī | jām pĕr- | ēgīt, ‖ tēmpŭs | īmplēns | cōrpŏ–
[‖ ris,
Spōntĕ | lībĕ- | rā Rĕ- | dēmptōr ‖ pāssĭ- | ōnī | dēdĭ- | tus,
Agnŭs | īn Crŭ- | cīs lĕ- | vātŭr ‖ īmmŏ- | lāndūs | stĭpĭ- | te [1].

En considérant la première syllabe de ce vers comme
anacrouse (123) ou prélude, on obtient un iambique.

Lū– | stră sēx | quī jām | pĕrē- | gīt tēm- | pŭs īm- | plēns
[cōr- | pŏris.

ARTICLE II

Autres vers trochaïques.

148. Le monomètre catalectique se rencontre dans la comédie à titre de clausule :

Occĭ– | di.   (Tér.)

Les poètes dramatiques faisaient aussi usage du monomètre hypermètre, ou de deux pieds et demi :

Dēcĭ– | dīt cœ- | lo.   (Sén.)

149. Le dimètre a quatre pieds, comme :

Pūrpŭ– | rā clā- | rōs nĭ– | tēnti.   (Boëce.)

---

[1] Voyez plus loin (191).

Le dimètre catalectique a trois pieds et demi :

Nōn ĕ- | būr nĕque | aūrĕ- | um.   (Hor.)

Le dimètre complet ne se rencontre pas dans les auteurs anciens. Mais on le trouve dans les poètes de la décadence, et dans quelques hymnes de l'Église. Cela vient de ce que le septénaire se trouve alors partagé en deux vers ; l'un est dimètre, et l'autre dimètre catalectique :

Lūstră | sēx quī | jām pĕr- | ēgit
Tēmpŭs | īmplēns | cōrpŏ- | ris. (Hymne de la Passion.)

Horace fait alterner le trochaïque dimètre catalectique avec le trimètre iambique catalectique :

Nōn ĕ- | būr nĕque | aūrĕ- | um
Mĕā | rĕnī | dĕt īn | dŏmō | lăcū- | nar.   (Hor.)

Sous le nom d'iambique dimètre, on peut scander ainsi le premier de ces deux vers : un amphimacre (– ◡ -) et deux iambes.

Nōn ĕbūr | nĕque aū- | rĕūm.

Ou bien encore on isole la première syllabe, comme anacrouse ou prélude :

Nōn | ĕbūr | nĕque aū- | rĕum.

On trouve dans Sénèque un trochaïque dimètre hypermètre (quatre pieds et demi) :

Sēnsĭt | ōrtūs, | sēnsĭt | ōccă- | sus.

150. Les poètes dramatiques font usage du trimètre catalectique, qui a cinq pieds et demi :

Lūcĭ- | dūm cœ- | lī dĕcŭs, | hūc ă- | dēs vŏ- | tis. (Sén.)

Le trimètre brachycatalectique (cinq pieds) se rencontre dans les chœurs de Sénèque, mêlé à d'autres vers et particulièrement à des saphiques. Il n'exige le trochée qu'au quatrième pied. Partout ailleurs il admet l'anapeste, le dactyle et le spondée.

Sīdŭs | Arcădĭ- | ūm gĕmĭ- | nūmquĕ | Plaūstrum. (Sén.)

Observons enfin que le saphique (162) peut être aussi considéré comme un trochaïque trimètre brachycatalectique (trois mètres moins deux syllabes, ou cinq pieds); mais le deuxième trochée est remplacé, chez les Latins, par un spondée; et le troisième pied est toujours un dactyle. Exemple:

Pĭndă- | rūm quīs- | quīs stŭdĕt | æmŭ- | lāri.   (Hor.)

CHAPITRE XV

RHYTHME ANAPESTIQUE [1]

151. Le vers anapestique emprunte son nom à l'anapeste. Ce pied est légitimement remplacé, surtout aux pieds impairs, par le dactyle et le spondée. Rarement on y rencontre le procéleusmatique (∪ ∪ ∪ ∪) et le tribraque (∪ ∪ ∪).

ARTICLE I

Le dimètre.

152. Le dimètre, qui est de quatre pieds, est le plus commun des anapestiques. Pur, il ne se rencontre presque jamais, parce qu'il serait trop sautillant. Il aime le spondée, qui le rend plus ferme et plus grave [2]. Une césure coupe le vers après le second pied. Exemple:

O mā- | gnă părēns || nātū- | ră dĕūm.   (Sén.)
Aūdāx | nĭmĭŭm || qūi frĕtă | prīmus.   (Sén.)

153. Le dimètre catalectique (trois pieds et une syl-

---

[1] Sur l'origine et l'emploi des vers anapestiques, voyez la note *G*, à la fin du volume.

[2] On trouve, bien que rarement, le dimètre anapestique formé de quatre spondées. On ne le reconnaît alors qu'au système auquel il appartient.

labe) reçoit le nom spécial de parémiaque [1]. Le distique suivant, qui est d'Attius, est composé d'un dimètre proprement dit et d'un dimètre catalectique :

Jāmjam ăb- | sūmōr ; | cŏnfĭcĭt | ănĭmam
Vīs vūl- | nĕrĭs, ūl- | cĕrĭs æs- | tus.

ARTICLE II

Autres anapestiques.

154. Le tétramètre catalectique a sept pieds et demi ; il admet comme équivalents le spondée et quelquefois le dactyle. La césure est après le second mètre ou quatrième pied. Très fréquent et très beau dans Aristophane, il est quelquefois appelé pour cette raison *aristophanien*. Exemple :

Ὀρφεὺς | μὲν γὰρ | τελετάς | θ' ἡμῖν ‖ κατέδει- | ξε φόνων | τ' ἀπεχε- |
— ‿ ‿ | — ‿ ‿ | ‿ ‿ — | — ‿ ‿ | ‿ ‿ — | ‿ ‿ — [σθαι [2].

(ARISTOPH.)

155. Il existe un monomètre (deux pieds) qui sert de clausule (124) :

Lĕvĭŏ- | rĕ mănū. (SÉN.)

Ausone l'emploie quelquefois seul :

O flōs | jŭvĕnum.

En grec, παροιμιακός (de παροιμία, proverbe). Le vers parémiaque était spécialement employé dans les proverbes et les sentences. On le trouve dans le tragique Attius, dans les satires de Varron, dans Boëce, philosophe et poète chrétien du vᵉ siècle, et dans les poètes de la décadence.

[2] Littéralement : Orphée nous a enseigné les initiations (des mystères), et à nous abstenir des meurtres. — Marius Victorinus (ivᵉ siècle), dans son *De ratione metrorum commentarius*, donnait ce modèle de l'anapestique tétramètre catalectique :

Alĭūs | cĭthărā | sŏnĭtū- | quĕ pŏtēns ‖ vŏlŭcrēs | pĕcŭdēs- | quĕ mŏvē | re.

Quant au tétramètre complet (huit pieds), un grammairien du iiiᵉ siècle, Censorinus, fournit cet exemple, qu'il emprunte sans doute à un ancien. Il s'adresse à *Horus*, dieu égyptien, fils d'Osiris.

Hōrĕ, bĕ- | ātō | lūmĭnĕ | vŏlĭtāns, ‖ quī pĕr | cœlūm | cāndĭdŭs | ēquĭtās.

Térence n'a employé aucun de ces deux tétramètres. On a cru reconnaître dans Plaute quelques vers de l'une et de l'autre espèce.

Le monomètre hypermètre de deux pieds et demi, était parfois glissé dans les chœurs. Servius donne cet exemple :

Anïmūs | mălĕ fōr- | tis.

On trouve le trimètre (six pieds) dans Attius [1] :

Inclўtĕ | pärvä | prædïtĕ | pătrïă | nōmïnĕ | cĕlĕbri.

CHAPITRE XVI

VERS ET STROPHES LYRIQUES [2]

156. On appelle vers lyriques ceux qui se chantaient sur la lyre, comme ceux des odes, des hymnes, des chœurs dramatiques, etc.

157. Dans l'ancienne poésie lyrique et religieuse des Grecs, la strophe (στροφή, de στρέφω, tourner), était la partie de l'ode que l'on chantait en tournant de droite à gauche; l'antistrophe (ἀντιστροφή) se chantait en tournant de gauche à droite.

Le retour de certaines mesures, à intervalles égaux ou inégaux, se nommait pareillement strophe. En ce sens, l'on disait strophe alcaïque, saphique, asclépiade, etc. Les strophes répondaient à peu près aux stances ou couplets des modernes.

158. La poésie lyrique employait plusieurs formes du rhythme iambique, trochaïque, anapestique, dont nous avons déjà parlé. Mais il est encore d'autres mètres qui

---

1 Terentianus Maurus, poète africain qui, vers la fin du premier siècle, a donné les règles de chaque mètre dans ce mètre même, donne le précepte et l'exemple d'un trimètre catalectique, composé de cinq pieds: quatre anapestes et un antibacchius :

Anăpœs- | tŭs īnēst | quătĕr, ŭl- | tĭmŭs ān- | tĭbācchŭs.

2 Sur l'origine et l'usage des vers lyriques, voyez la note *H*, à la fin du volume.

appartiennent à ce genre de poésie. Nous traiterons ici des plus intéressants.

ARTICLE I

Strophe alcaïque.

159. La strophe alcaïque est composée de quatre vers, dont les deux premiers, qui lui donnent leur nom, sont alcaïques [1] proprement dits. Ces deux vers ont quatre pieds et demi. Le premier pied est un spondée (ou rarement un iambe); le second un iambe; vient ensuite un demi-pied formé d'une syllabe longue, suivie elle-même de deux dactyles :

Odī | prŏfā– | nūm | vūlgŭs ĕt | ārcĕo :
Făvē– | tĕ līn– | guĭs : | cārmĭnă | nōn prĭŭs
Audi– | ta...

Le troisième vers est un iambique dimètre hypermètre (139), dont le premier pied est un spondée[2], le second un iambe, le troisième un spondée, le quatrième un iambe suivi d'une syllabe longue :

Aūdī– | tă, Mū– | sārūm | săcēr– | dōs.

Le quatrième vers se nomme dactylochoraïque, parce qu'il est composé de deux dactyles et de deux trochées ou chorées [3] :

Vīrgĭnĭ– | būs pŭĕ– | rīsqŭe | cănto.

---

1 Le vers *alcaïque* a tiré son nom du poète éolien Alcée, qui l'inventa au VIIᵉ siècle avant Jésus-Christ.

2 Le premier pied d'un vers iambique dimètre hypermètre est quelquefois un iambe, mais c'est très rare en latin. Il est mieux de ne pas employer cette licence.

3 Les Grecs nommaient logaœdiques (λογαοιδικοὺς) les vers qui se composent de dactyles suivis de trochées. De ce nombre est le dactylochoraïque qui termine la strophe alcaïque. On voit en effet qu'il tient de la prose (λόγος) et du chant poétique ou du vers (ἀοιδή). Il commence par deux harmonieux dactyles à la manière des vers héroïques : puis viennent les trochées qui le font ressembler à une belle finale de période

160. La strophe doit s'écrire ainsi :

Odi profanum vulgus et arceo :
Favete linguis : carmina non prius
    Audita, Musarum sacerdos,
        Virginibus puerisque canto[1].   (HOR.)

161. *Remarque I.* Le vers alcaïque est habituellement coupé après deux pieds et demi. Privé de cette
césure, il serait peu harmonieux.

Remarque II. L'élision à la césure est très rare. Horace en offre pourtant quelques exemples :

Delicta maj*orum* immeritus lues.

Il existe un alcaïque tétramètre d'une physionomie
toute différente, nous en parlerons plus loin (173).

ARTICLE II

Strophe saphique.

162. La strophe saphique est composée de trois vers
saphiques et d'un vers adonique.

Le vers saphique[2] se forme de cinq pieds, dont le
premier est un trochée, le second un spondée[3], le troi-

---

oratoire, comme dans cette phrase du tribun Carbon, louée par Cicéron :
Patris dictum sapiens filii temeritas cōmprŏbāvĭt.

[1] Dans les hymnes de l'Église, chaque strophe alcaïque doit être suivie d'un repos. Mais dans l'ode profane la phrase peut se prolonger, et
on la coupe où l'on veut, pourvu que la cadence soit harmonieuse. Il en
est de même de toutes les strophes lyriques.

[2] Le vers *saphique* est dû à Sapho, célèbre femme poète de Mitylène, qui florissait vers l'an 600 avant Jésus-Christ.

[3] Chez les Grecs, le second pied est trochée ou spondée à volonté. La
réunion des deux premiers pieds, même quand le second est un spondée,
prend le nom de dipodie trochaïque. Voici un vers de Sapho elle-même,
où le trochée paraît au second pied :

Ποικι- | λόθρόν' | ἀθάνατ' | .Ἀφρο- | δίτα.
‒ ͜ ͜ ‒ ͜ ‒ ͜ ͜ ‒ ͜ ‒ ͜

sième un dactyle, le quatrième et le cinquième sont
deux trochées :

> Scāndĭt | ǣrā· | tās vĭtĭ- | ōsă | nāves
> Cūră, | nēc tūr- | mās ĕquĭ- | tŭm rĕ- | līnquit. (Hor.)

Le vers adonique (130) [1] est composé d'un dactyle et
d'un spondée, ou d'un dactyle et d'un trochée; c'est la
finale du vers héroïque :

> Ocĭŏr | Eūro.

163. Pour.former la strophe, on met trois vers saphiques et un vers adonique :

> Scandit æratas vitiosa naves
> Cura, nec turmas equitum relinquit,
> Ocior ventis, et agente nimbos
>   Ocior Euro.   (Hor.)

164. *Remarque.* La césure du vers saphique est régulièrement après la syllabe longue qui suit le second
pied. Exemple :

> Monte decurrens | velut amnis, imbres
> Quem super notas | aluere ripas.   (Hor.)

Quelquefois néanmoins le vers n'est suspendu qu'a-
près le trochée qui commence le troisième pied. Dans
tous les cas, le troisième pied doit appartenir à deux
mots différents. Ex. :

> Laurea donandus | Apollinari.
> Fata donavere, | bonique divi.   (Hor.)

Les vers qui n'ont pas la césure après deux pieds et
une syllabe longue, doivent être rares, et il faut éviter
d'en mettre plusieurs de suite [2].

---

1 Le vers *adonique* était d'un grand usage dans les fêtes lugubres
que l'on célébrait en mémoire de la mort d'Adonis. C'est de là qu'il a tiré
son nom.

2 Employés sobrement, les vers où la césure est placée après le trochée
du troisième pied, ne déparent point une belle ode, s'ils sont d'ailleurs harmonieux. On frappe alors assez fortement dans la prononciation la syl-

ARTICLE III

**Rhythme choriambique. — Vers asclépiade, glyconique
et phérécratien [1]. — Strophes asclépiades.**

165. Le vers asclépiade mineur est un trimètre[2] choriambique, formé d'une base[3] spondaïque, de deux
choriambes et d'un pyrrhique. Exemple :

Mæcē- | nās ătăvīs | ēdĭtĕ rē- | gĭbus[4].   (Hor.)

166. Un autre choriambique trimètre, qui ne fut mis
en honneur qu'après le siècle d'Auguste, remplace le
pyrrhique du dernier pied par une syllabe longue.

Quīd vē- | rīs plăcĭdās | tēmpĕrĕt hŏ- | ras
Ŭt tēr- | răm rŏsĕīs | flōrĭbŭs ōr- | net.   (Boèce.)

Ō.vōs | æthĕrĕī | plaūdĭtĕ cī- | ves,
Hæc ēst | īllă dĭēs | clāră trĭūm- | pho[5].   (Sant.)

167. L'asclépiade majeur ou choriambique tétra-

---

labe accentuée qui forme au troisième pied l'arsis du dactyle ; et l'oreille
saisit une chute harmonieuse après le trochée. Ex. :

Laurea donándus | Apollinari.
Fata donavére | bonique divi.   (Hor.)

1 Trois poètes donnèrent leur nom à ces vers : Asclépiade (vii° siècle
avant J.-C.), Phérécrate (v° siècle), et Glycon, qui vivait à peu près
à la même époque que ce dernier.

2 L'asclépiade mineur est légitimement appelé trimètre : car il a deux
choriambes ; et le spondée qui lui sert de base, joint au pyrrhique de la
fin, compose l'équivalent d'un troisième choriambe.

3 Lorsque le premier pied d'un vers doit être un pied étranger au
rhythme de ce vers, on se rappelle qu'il prend le nom de base (123.)

4 Cette manière de scander le vers asclépiade est celle des anciens, et
doit être connue des jeunes gens. En voici une autre, qui se rattache au
rhythme dactylique, et qui présente, elle aussi, une cadence agréable :

Mæcē- | nās ătă- | vīs || ēdĭtĕ | rēgĭbŭs.

5 On peut scander aussi de la manière suivante :

Quīd vē- | rīs plăcĭ- | dās || tēmpĕrĕt | hŏrās.
Ō vōs | æthĕrĕ- | ī || plaūdĭtĕ | cīvēs.

mètre est ainsi composé : une base spondaïque , trois choriambes et un pyrrhique. Exemple :

Tū nē | quæsïĕrīs, | scīrĕ nĕfās, | quĕm mïhï, quĕm | tïbï
Fīnēm | Dī dĕdĕrīnt. | (Hor.)

168. Le vers glyconique est un choriambique dimètre formé d'un spondée, d'un choriambe et d'un pyrrhique :

Aūdāx | ōmnïă pĕr- | pĕti[1].   (Hor.)

Remplacez le pyrrhique du dernier pied par une syllabe longue, et vous aurez le phérécratien. Celui-ci est donc composé d'un spondée, d'un choriambe et d'une syllabe isolée. Exemple :

Mūltō | nōn sïnĕ rī- | su[2].   (Hor.)

169. L'asclépiade mineur se combine avec le glyconique et avec le phérécratien , de manière à composer les strophes suivantes :

1° Trois asclépiades et un glyconique :

> Quis desiderio sit pudor aut modus
> Tam cari capitis? Præcipe lugubres
> Cantus, Melpomene, cui liquïdam pater
>   Vocem cum citharâ dedit.   (Hor.)

2° Deux asclépiades, un phérécratien et un glyconique :

> Hymnis dum resonat curia cœlitum,
> Hic flemus patriis finibus exules :
>   Hic suspensa tenemus
>   Mutis cantibus organa.   (Sant.)

---

[1] Comment ce vers justifie-t-il le nom de dimètre ? c'est que le premier et le dernier pied sont l'équivalent d'un choriambe, et forment un seul mètre .Voyez ci-dessus, p. 85 , note 2. On peut encore scander le vers glyconique en le composant d'un spondée et de deux dactyles :

Aūdāx | ōmnïă | pērpĕti.

[2] Autre manière de scander le vers phérécratien :

Mūltō | nōn sïnĕ | rïsu.

3° Un glyconique et un asclépiade alternativement :

Audax omnia perpeti,
Gens humana ruit per vetitum nefas.   (Hor.)

On trouve aussi des odes formées exclusivement d'asclépiades, comme *Mæcenas atavis.*

170. *Remarque I*. Dans le vers asclépiade, le choriambe qui forme le second pied ne doit jamais enjamber sur le mot suivant :

Mæcē- | nās, ătăvīs || ēdĭtĕ rē- | gĭbus.

Ce vers de douze syllabes, ainsi divisé par la césure en deux hémistiches égaux, ressemble à notre beau vers alexandrin.

Remarque II. L'asclépiade peut encore être coupé, soit par un rejet, soit par un repos quelconque:

1° Après un spondée :

Durum! | sed levius fit patientia
Quidquid corrigere est nefas.   (Hor.)

2° Après trois longues :

Mæcenas, | atavis edite regibus.   (Hor.)

3° Plus rarement après un spondée et un trochée, ou bien après un spondée et un dactyle :

Custos gentis, | abes jam nimium diu.
Te multâ prece, | te prosequitur mero.   (Hor.)

Remarque III. Les vers glyconiques ne se trouvent jamais seuls dans Horace. Mais Sénèque et quelques autres poètes les emploient heureusement sans les combiner avec aucun autre mètre. Exemple :

Regem non faciunt opes,
Non vestis Tyriæ color,
Non frontis nota regiæ,
Non auro nitidæ trabes :
Rex est qui posuit metus
Et diri mala pectoris.   (Sén.)

ARTICLE IV

Vers phaleuce.

171. Le vers phaleuce [1] est ainsi composé : un spondée, un choriambe, deux iambes et une syllabe isolée. Exemple :

Nūmquām | dīvĭtĭās | dĕōs | rŏgā- | vi.   (Mart.)

ARTICLE V

Le grand et le petit vers archilochien.

172. Le grand archilochien appartient au rhythme dactylique et au rhythme trochaïque. Il est composé de sept pieds dont les quatre premiers, toujours suivis de la césure, sont dactyles ou spondées ; le cinquième, le sixième et le septième sont des trochées.

Le petit archilochien unit le rhythme iambique au dactylique. Il est ainsi formé : une dipodie iambique (͢ ͞ ͜ ͞), une syllabe longue et trois trochées.

Horace combine très heureusement ces deux vers, en commençant par le plus long. Exemple :

Sōlvĭtŭr | ācrĭs hĭ- | ēms grā- | tā vĭcĕ || vērĭs | ĕt Fă- | vōni ,
Trăhūnt- | quĕ sīc- | căs || māchĭ- | næ că- | rīnas [2].

___

[1] On appelle ce vers *phaleuce*, du nom du poète qui l'inventa. Il est aussi nommé vers *hendécasyllabique* (de ἔνδεκα, et συλλαβή), parce qu'il est formé de onze syllabes.— Quelques-uns le scandent ainsi : un spondée, un dactyle et trois chorées ou trochées. Exemple :

Nūnquām | dīvĭtĭ- | ās dĕ- | ōs rŏ- | gāvi.

Cette seconde manière de scander le vers phaleuce fait mieux ressortir, dans l'épigramme, l'harmonie incisive propre à ce genre de composition :

Et Sūl-	lās, Mărĭ-	ōsquĕ,	Mūcĭ-	ōsque
Māgnā	vōcĕ sŏ-	nās mä-	nūquĕ	tōta.
Jăm dĭc,	Pōstŭmĕ,	dĕ trĭ-	būs că-	pēllis. (Mart.)

[2] Horace produit un effet grandiose avec le grand archilochien enjambant sur le petit :

Pallida mors æquo pulsat pede pauperum tabernas
Regumque turres, o beate Sesti.

Ces trois trochées « ō bĕ- | ātĕ | Sēxti » formaient un vers que l'on

ARTICLE VI

Aristophanien dimètre et alcaïque tétramètre.

173. L'aristophanien dimètre présente un choriambe
et un bacchius (⏑ – –).

L'alcaïque tétramètre commence par un épitrite second, équivalant à une dipodie trochaïque (– ⏑ – –);
viennent ensuite deux choriambes et un bacchius.
Ces deux vers se combinent, et le petit précède le
grand. Exemple :

> Lȳdĭă dīc | pĕr ōmnēs
> Tē Dĕŏs ō- | rō Sȳbărīn | cūr prŏpĕrēs | ămāndō
> Perdere...   (Hor.)

ARTICLE VII

Vers ionique majeur.

174. L'ionique majeur tétramètre est composé avec
quatre pieds appelés grands ioniens (– – ⏑ ⏑).

> Ŭvās nĭtĭ- | dīs frŏndĭbŭs | Ēvān hĕdĕ- | rīs īllĭgăt[1].

Le tétramètre catalectique, plus usité que le précédent, prend le nom de sotadique. Il renferme trois
grands ioniens et un spondée. Exemple :

> Vōcālĭă | quædăm mĕmŏ- | rānt, cōnsŏnă | quædam[2].

---

chantait en l'honneur de ce Dieu, et qui se nommait ithyphallique. Ce
vers consistait primitivement dans le nom du Dieu trois fois répété :
« Bācchĕ, Bācchĕ, Bācchĕ ».

[1] Vers cité par le grammairien Marius Victorinus (IVe siècle).

[2] Ce vers est donné pour exemple par Terentianus Maurus, qui écri-
vait sur la Métrique, vers la fin du Ier siècle. — Le vers sotadique est
dû à Sotadès, poète grec, qui, au IIIe siècle avant Jésus-Christ, écrivit
des satires en cette mesure. — On appelle encore sotadiques, anacycliques
ou rétrogrades, des vers que l'on peut lire de gauche à droite ou de droite
à gauche en retrouvant les mêmes mots. On a composé de ces vers rétrogrades en grec, en latin et même en français; il y en a même où l'on
retrouve le sens et la mesure en renversant les lettres; mais cet exercice
futile est tombé depuis longtemps dans un discrédit complet.

ARTICLE VIII

Vers ionique mineur et galliambique.

175. Avec le pied nommé petit ionien ($\cup \cup - -$), on compose les vers ioniques mineurs.

Horace emploie le tétramètre suivi de deux trimètres. Exemple :

Sĭmŭl ūnctōs | Tĭbĕrīnīs | hŭmĕrōs lā- | vĭt ĭn ūndis,
Equĕs īpsō | mĕlĭŏr Bēl- | lĕrŏphōnte,
Nĕquĕ pūgnō, | nĕquĕ sēgnī | pĕdĕ vīnctus. (Hor.)

Le tétramètre catalectique remplace le dernier petit ionien par l'anapeste ou le spondée. Exemple :

Vŏlŏ tāndēm | tĭbĭ pārcās: | lăbŏr ēst ĭn | chārtīs. (S. Aug.)

176. Le galliambique, vers que chantaient dans leurs danses les Galles, prêtres de Cybèle, est un ionique mineur tétramètre catalectique. Ce vers est très libre : il remplace le petit ionien tantôt par un péon, comme *sŭpĕr āltă*, tantôt par un épitrite, comme *vēctŭs Attīs*. D'autres fois, il résout en deux brèves une des longues du pied ionien, comme *cĕlĕrī rătĕ*.

Sŭpĕr āltă | vēctŭs Attīs | cĕlĕrī rătĕ | mărĭa
Phrўgĭūm nĕ- | mŭs cĭtātō | cŭpĭdē pĕdĕ | tĕtĭgit.
Adīīque ŏ- | pācă sīlvīs | rĕdĭmītă lŏ- | că dĕæ. (Cat.)

ARTICLE IX

Vers asynartètes.

177. Les vers asynartètes [1] sont des vers composés de deux séries de rhythme différent, séparées par une césure assez forte, pour permettre à la fin de la pre-

---

[1] Ἀσυνάρτητοί, incohérents.

mière série la suppression d'une élision. De plus, la quantité de la syllabe qui termine ce premier hémistiche est commune, comme s'il formait un vers complet.

Parmi les vers asynartètes on peut citer l'iambélégiaque : il se forme d'un iambique dimètre (137) et d'un dactylique dimètre hypermètre (129), qui n'est autre que le second hémistiche d'un pentamètre élégiaque. Exemple :

Lĕvā- | rĕ dī- | rīs pē- | ctŏrā ‖ sōllĭcĭ | tūdĭnĭ- | bus.   (Hor.)

La finale de *pectora*, brève de sa nature, est ici allongée comme le serait à volonté la finale d'un vers.

L'iambélégiaque se combine, dans Horace, avec l'héroïque :

Tē mănĕt | Assără- | cī tēl- | lūs, quām | frīgĭdă | pārvi
Fīndūnt | Scămān- | drī flū- | mĭnă ‖ lūbrĭcŭs | ĕt Sĭmŏ | is [1].

178. Si l'on renverse le vers iambélégiaque, on obtiendra l'élégiambe, appelé aussi encomiologique [2]. Celui-ci commence par le dactylique dimètre hypermètre et finit par l'iambique.

Horace le fait succéder à l'iambique trimètre, dans cette épode qu'il adresse à Pectius :

Pēctī, | nĭhīl | mē sīc- | ŭt ān- | tĕa | jŭvăt
Scrībĕrĕ | vērsĭcŭ- | lōs ‖ ămō- | rĕ pēr- | cūlsūm | grăvi.

Le vers suivant, qui appartient à la même épode, supprime l'élision à la fin du premier hémistiche.

Fērvĭdĭ- | ŏrĕ mĕ- | rō ‖ ārcā- | nă prō | mōrāt | lŏcŏ.

---

[1] Plusieurs écrivent en deux vers :

Findunt | Scămān- | drī flū- | mĭna
Lūbrĭcŭs | ĕt Sĭmŏ- | is.

Mais les épodes d'Horace unissent deux espèces de vers au plus; il n'est donc pas probable que l'épode XIII, *Horrida tempestas*, à laquelle cet exemple est emprunté, emploie trois mètres différents.

[2] Ce mot est dérivé de ἐγκώμιον, éloge: le vers encomiologique est employé dans les poèmes consacrés à la louange.

ARTICLE X

**De quelques autres espèces de vers, le crétique, le bac-
chiaque, le dochmien, l'antispatique.**

179. Le pied que l'on appelle crétique ou amphimacre (- ᴜ -) sert à former le vers crétique. Dans ce
vers, un pied peut résoudre les longues en brèves ; le
molosse remplace au besoin le pied crétique, excepté au
dernier rang. Citons un exemple du tétramètre :

> Nūllă sūm, | nūllă sūm! | tōtă tō- | ta ōccĭdi. (Plaut.)

180. Le bacchius (ᴜ - -) donne son nom au vers bacchiaque ; à titre de substitution, il admet le péon (qui
résout une longue du bacchius en deux brèves), le molosse et les équivalents du molosse.

Voici un bacchiaque tétramètre brachycatalectique :

> Lăbōrāt | măgīstĕr | dŏcēns tār- | dos.   (S. Aug.)

181. La réunion d'un bacchius et d'un iambe (ᴜ -
- ᴜ -) forme le pied dochmien et le vers de même nom.
Exemple :

> Amīcōs tĕnēs.   (Cic.)

182. Les Grecs nommaient antispatique le vers formé
avec le pied qu'on appelle antispate (ᴜ - - ᴜ). Le vers
précédent peut être considéré comme un antispatique
monomètre hypermètre.

> Amīcōs tĕ- | nĕs.

Il y a des antispastiques tétramètres catalectiques, où
l'on entremêle volontiers soit l'épitrite quatrième (- - - ᴜ),
soit la dipodie iambique (ᴜ - ᴜ -). Lorsque cette dipodie
occupe le second rang, le tétramètre catalectique prend
le nom de priapéen. Exemple :

> Hūnc lūcūm tĭ- | bĭ dēdĭcō | cōnsēcrōquĕ, | Prĭăpe. (Cat.)

ARTICLE XI

Vers saturnien [1].

183. Disons un mot du vers saturnien, qui, employé par les premiers poètes latins, semble avoir beaucoup d'analogie avec le petit archilochien.

Les grammairiens le considèrent comme un mélange des rhythmes iambique et trochaïque. Dans sa forme la plus régulière, ce vers présente comme premier hémistiche l'iambique dimètre catalectique (trois pieds et demi), et comme second hémistiche, une succession de trois trochées : $\underset{\smile}{\times} \overset{\_}{} \mid \smile\_ \mid \underset{\smile}{\times}\_ \mid \_ \mid\mid \_\smile \mid \_\smile \mid \_\smile$ [2]. Exemples :

Dăbūnt | mălūm | Mĕtēl- | lī || Năĕvĭ- | ō pŏ- | ētæ
Nŏvēm | Jŏvīs | cōncōr- | dēs || fĭlĭ- | ā sŏ- | rōres. (Nævius.)

RÉCAPITULATION DES VERS ET DES STROPHES LYRIQUES D'HORACE

184. *Odes composées de vers de même espèce* [3] *:*

1° L'asclépiade tétramètre :

    Mæcenas, atavis edite regibus.

2° L'asclépiade pentamètre ou grand asclépiade :

    Nullam, Vare, sacra vite prius severis arborem.

---

[1] Sur l'origine et l'usage du vers saturnien, voyez la note *I*, à la fin du volume.

[2] Une partie notable des vers saturniens de Nævius et de Livius Andronicus échappent à cette théorie. Entrer dans le détail des nombreuses irrégularités qu'ils présentent, dépasserait les limites d'une prosodie élémentaire.

[3] Les odes composées de vers de même espèce (κατὰ στίχον) étaient appelées par les Grecs μονόκωλοι, en latin *unimembres*.

3° L'iambique trimètre :

Quid obseratis auribus fundis preces?

185. *Strophes de deux vers* [1] :

1° L'héroïque et le dactylique tétramètre alcma·
nien :

Laudabunt alii claram Rhodon, aut Mitylenen,
Aut Ephesum, bimarisve Corinthi
Mœnia.

2° L'héroïque et le dactylique dimètre hypermètre :

Diffugere nives, redeunt jam gramina campis,
Arboribusque comæ.

3° L'héroïque et l'iambique trimètre :

Altera jam teritur bellis civilibus ætas,
Suis et ipsa Roma viribus ruit.

4° L'héroïque et l'iambique dimètre :

Nox erat, et cœlo fulgebat luna sereno

Inter minora sidera.

5° L'héroïque et l'iambélégiaque :

Te manet Assaraci tellus, quam frigida parvi
Findunt Scamandri flumina, lubricus et Simois.

6° Le glyconique et l'asclépiade tétramètre :

Sic te diva potens Cypri,
Sic fratres Helenæ, dulcia sidera.

7° Les iambiques trimètre et dimètre :

Beatus ille qui procul negotiis,
Ut prisca gens mortalium.

---

1 Ces strophes sont appelées δίστροφοι, et si les deux vers sont de
mesure différente, elles prennent le nom de δίκωλοι δίστροφοι. Dans
les épodes d'Horace, le petit vers, nommé épodique, est toujours le dernier.

8° L'iambique trimètre et le vers élégiambique :

> Pecti, nihil me, sicut antea, juvat
> Scribere versiculos, amore perculsum gravi.

9° Le grand et le petit archilochien :

> Solvitur acris hiems grata vice veris et Favoni,
> Trahuntque siccas machinæ carinas.

10° Le trochaïque dimètre catalectique et l'iambique aristolochien dimètre :

> Non ebur, neque aureum
> Meā renidet in domo lacunar.

11° L'aristophanien dimètre et l'alcaïque tétramètre :

> Lydia, dic, per omnes
> Te Deos oro, Sybarin cur properes amando
> Perdere ?

186. *Strophe de trois vers* [1] :

Un ionique mineur tétramètre et deux ioniques mineurs trimètres :

> Simul unctos Tiberinis humeros lavit in undis
> Eques ipso melior Bellerophonte,
> Neque pugno, neque segni pede vinctus.

187. *Strophes de quatre vers* [2] :

1° Strophe saphique : trois vers saphiques et un adonique :

> Pindarum quisquis studet æmulari,
> Jule, ceratis ope Dedalea

---

[1] Une strophe qui a trois vers dont deux sont inégaux, est nommée τρίστροφος δίκωλος.

[2] Ces strophes sont appelées τετράστροφοι. Elles peuvent être δίκωλοι ou τρίκωλοι; suivant qu'elles ont deux espèces de vers, comme dans les odes *Pindarum* et *Quis desiderio;* ou qu'elles en admettent trois espèces différentes, comme *Odi profanum* et *Dianam teneræ.*

> Nititur pennis, vitreo daturus
>   Nomina ponto.

2° Strophe asclépiade : trois vers asclépiades trimètres et un glyconique dimètre :

> Quis desiderio sit pudor aut modus
> Tam cari capitis : præcipe lugubres
> Cantus, Melpomene, cui liquidam Pater
>   Vocem cum cithara dedit.

3° Autre strophe asclépiade : deux vers asclépiades
trimètres, un phérécratien et un glyconique :

> Dianam teneræ, dicite, virgines;
> Intonsum, pueri, dicite Cynthium,
>   Latonamque supremo
>   Dilectam penitus Jovi.

4° Strophe alcaïque : deux vers alcaïques, un iambique dimètre hypermètre et un dactylochoraïque :

> Odi profanum vulgus, et arceo :
> Favete linguis : carmina non prius
>   Audita, Musarum sacerdos,
>   Virginibus puerisque canto.

CHAPITRE XVII

DE L'ACCENT TONIQUE

188. La plupart des mots latins ont une syllabe sur
laquelle il faut appuyer plus fortement que sur les
autres, en élevant un peu la voix. Cette élévation
de la voix se nomme *accent tonique* ou simplement *accent* [1].

---

1 Nous ne donnerons ici que les règles les plus importantes : elles
suffiront pour rendre la prononciation du latin correcte et harmonieuse.

RÈGLE I. Dans tout mot qui présente un sens par lui-même, il y a un accent.

RÈGLE II. Dans les mots de deux syllabes, l'accent est sur la première. Exemple :

> Pánge, língua; nóbis dátus.

RÈGLE III. Dans les mots qui ont plus de deux syllabes, la pénultième a l'accent, si elle est longue. Exemple :

> Gloriósi, conversátus.

RÈGLE IV. Dans les mots qui ont plus de deux syllabes, l'antépénultième a l'accent, si la pénultième est brève. Exemple :

> Mystérĭum, órdĭne, mánĭbus.

RÈGLE V. Les enclitiques [1] attirent toujours l'accent sur la finale du mot auquel ils sont joints. Exemple :

> Dóminus, dominúsque; rósa, rosáque.

RÈGLE VI. Les monosyllabes qui ont un sens par eux-mêmes sont accentués. Exemple :

> Móns, vír, páx, ít, súm.

RÈGLE VII. Les prépositions monosyllabiques sont privées de l'accent, et s'appuient sur le mot suivant. Exemple :

> Ad Déum; in móntem.

Exceptez le cas où elles sont placées après leur régime ; c'est ce qu'on appelle anastrophe. Exemple :

> Transtra pér et remos.

—Le signe dont on se sert pour indiquer la syllabe accentuée reçoit aussi le nom d'*accent*.

[1] On appelle *enclitiques* (ἐγκλιτικός, de ἐγκλίνω, j'incline) les particules qui s'appuient sur le mot précédent, et s'y unissent de manière à ne former qu'un même mot avec lui, comme *que*, *ce*, *ve* et *ne* interrogatif.

3*

RÈGLE VIII. Les mots hébreux ont l'accent sur la dernière syllabe [1]. Exemple :

David, Ephratá, Sión.

RÈGLE IX. Les mots tirés du grec, qui ont le vocatif en *i* contracté pour *ie*, ont l'accent sur la pénultième, fût-elle brève. Exemple :

Basíli, Gregóri.

Remarque I. Outre l'accent tonique principal on doit encore remarquer l'accent secondaire, dont l'existence a été démontrée par M. G. Paris, ancien professeur à l'École des chartes, membre de l'Académie des inscriptions, dans son ouvrage intitulé : *Lettre à M. Léon Gautier sur la versification latine rhythmique.* Voici les règles de cet accent secondaire :

I. Les mots qui ont l'accent tonique sur l'antépénultième, ont de plus un accent secondaire sur la finale. Ex.: Spí*ritùs.* (Nous distinguons ici par des capitales la syllabe affectée de l'accent tonique principal.)

II. Les grands mots ont encore un ou plusieurs autres accents secondaires, qui se comptent de deux en deux syllabes en arrière de l'accent tonique proprement dit. Ex.: *Sácra-*MÉN*tum, infeliciT*Á*tis.*

Dans les mots suivants, ces deux règles trouvent à la fois leur application : *similiT*Ú*dinèm, dissimiliT*Ú*dinèm.*

Les syllabes non accentuées sont dites *graves* ou *atones.*

Remarque II. Lorsque la syllabe pénultième est longue (non par position, mais par nature), et que la dernière est brève, l'accent qui frappe la pénultième est normalement le circonflexe, *splendôre,* comme en grec σῶμα. Quelques éditions de livres liturgiques font usage de cet accent circonflexe. Mais, en général, on le remplace par le signe de l'aigu.

---

[1] Les mots hébreux latinisés suivent les règles de l'accent latin : *Ja-cóbus, Joséphus* (accent sur la pénultième).—*Jesús,* Ἰησοῦς, nom de Notre-Seigneur, a l'accent sur la dernière syllabe.

APPENDICE

SUR LES HYMNES ET LES PROSES

EN USAGE DANS L'ÉGLISE

189. Les hymnes et les proses sont des odes sacrées, où l'on célèbre la gloire de Dieu, de la sainte Vierge, des Anges et des Saints.

Les hymnes sont le plus souvent mesurées d'après les règles de la versification. Au contraire, la plupart des proses ne sont pas composées de vers proprement dits[1] : mais elles suivent pourtant des règles déterminées pour le rhythme et pour la cadence.

Dans l'origine, les proses étaient exclusivement destinées à faire suite au Graduel. On les regardait même comme le prolongement de l'*alleluia* ou du *trait;* de là vient que la prose se nommait encore séquence (*sequentia*)[2].

Nous parlerons d'abord des hymnes et des proses mesurées, et en second lieu des hymnes et des proses qui ne sont pas soumises aux lois de la métrique.

---

[1] Observez toutefois qu'il y a des proses mesurées, comme le *Sponsa Christi*, et des hymnes qui ne le sont pas, comme le *Pange lingua* de la fête du Saint-Sacrement.

[2] Outre les *proses* qui se chantent encore aujourd'hui, à la Messe, l'Église en permet quelques-unes aux processions ou aux saluts du saint Sacrement.

ARTICLE I

Des hymnes et des proses mesurées.

§ I

Mètres divers.

190. Les hymnes et autres chants mesurés qui sont en usage dans l'Église, appartiennent aux divers genres de poésie dont nous avons exposé les règles. On y trouve :

1° Les vers hexamètres ou héroïques (3) :

Almă Rĕdēmptōrīs mātĕr, quæ pērvĭă cœli
Pōrtă mănēs ēt stēllă mărīs; sūccūrrĕ cădēnti
Sūrgĕrĕ quī cūrāt pŏpŭlō[1]...

2° Les distiques formés de l'héroïque et de l'élégiaque ou pentamètre (7) :

Glōrĭă, laūs, ĕt hŏnōr tĭbĭ sīt, Rēx Chrīstĕ Rĕdēmptor,
　Cuī pŭĕrīlĕ dĕcūs prōmpsĭt Hŏsānnă pĭum[2].

3° L'iambique trimètre (132) :

Dĕcō- | ră lūx | ætēr- | nĭtā- | tĭs aū- | rĕam
Dĭēm | bĕā- | tīs īr- | rĭgā- | vĭt ī- | gnĭbus,
Apōs- | tŏlō- | rūm quæ | cŏrō- | nāt prīn- | cĭpes,
Rĕīs- | que īn ā- | strā lĭ- | bĕrām | pāndīt | vĭam[3].

4° L'iambique dimètre (137). La strophe est composée de quatre ou de cinq vers :

Jēsū, | cŏrō- | nă Vīr- | gĭnum
Quēm mā- | tĕr īl- | lă cōn- | cĭpit,

---

[1] *Alma Redemptoris mater.* Antienne à la sainte Vierge pour le temps de l'Avent et de Noël. L'auteur de cette poésie est Hermann Contract, moine de Reichenau, xɪᵉ siècle.

[2] *Gloria laus,* Hymne que l'on chante à la procession du dimanche des Rameaux. (Théodulfe, évêque d'Orléans, ɪxᵉ siècle.)

[3] *Decora lux.* Fête de saint Pierre et de saint Paul.

```
Quæ sŏ- | lă vīr- | gŏ pār- | tŭrit,
Hæc vŏ- | tă clē- | mēns āc- | cīpe¹.
```

```
Cœlēs- | tĭs ūrbs | Jĕrū- | sălem,
Bĕā- | tă pā- | cĭs vī- | sĭo,
Quæ cēl- | să dē | vīvēn- | tĭbus
Sāxīs | ăd ā- | strā tōl- | lĕris,
Spōnsæ- | quĕ rī- | tū cīn- | gĕris
Mīlle An- | gĕlŏ- | rūm mīl- | lĭbus².
```

La prose suivante, en l'honneur du sacré Cœur de Jésus, est composée d'iambiques dimètres libres :

```
Vĕnī- | tĕ, cūn- | ctī, cūr- | rĭte
Ad Cōr | Jēsū | mītĭs- | sĭmum;
Cūnctōs | vŏcăt, | cōnfī- | dĭte :
Amō- | rĭs ēst | īncēn- | dĭum.
```

5° La strophe saphique (162) :

```
Ut quĕ- | ānt lā- | xīs rĕsŏ- | nārĕ | fībris
Mīră | gēstō- | rūm fămŭ- | lī tŭ- | ōrum,
Sōlvĕ | pōllū- | tī lăbĭ- | ī rĕ- | ātum,
   Sānctĕ Jŏ- | ānnes ³.
```

6° La strophe asclépiade, formée de trois vers asclépiades et d'un glyconique (169, 1°) :

```
Tē Jŏ- | seph cĕlĕbrēnt | āgmĭnă cœ- | lĭtum,
Tē cūn- | ctī rĕsŏnēnt | Chrīstĭădūm | chŏri,
Quī, clā- | rūs mĕrĭtīs, | jūnctŭs ĕs īn- | clўtæ
   Cāstō | fœdĕrĕ Vīr- | gĭni ⁴.
```

7° La strophe asclépiade, composée de deux vers asclépiades suivis d'un phérécratien et d'un glyconique (169, 2°) :

```
Nūllīs | tē gĕnĭtŏr | blāndĭtĭīs | trăhit,
Nōn | vī- | tæ căpĕrīs | dīvĭtĭs ŏ- | tĭo,
```

---

¹ *Jesu, corona Virginum.* On attribue cette hymne à saint Ambroise. Il n'est pas certain qu'elle lui appartienne; mais elle est au moins du nombre des hymnes ambrosiennes (faites à l'imitation de saint Ambroise).

² *Cœlestis urbs Jerusalem.* Fête de la Dédicace.

³ *Ut queant laxis.* Fête de saint Jean-Baptiste. (Paul Warnefride, diacre d'Aquilée, vııı° siècle.)

⁴ *Te, Joseph, celebrent.* Fête de saint Joseph.

Gĕmmā- | rūmvĕ nĭlō- | re,
Rēgnān- | dīvŏ cŭpī- | dĭnĕ [1].

8° La strophe composée d'asclépiades catalectiques ou abrégés d'une syllabe (166) :

O quām | glōrĭfĭcā | lūcĕ cŏrū- | scas
Stūpīs | Dāvĭdĭcæ | rēgĭā prō | les!
Sūblī | mīs rĕsĭdēns, | Vīrgŏ Mărī. | a
Sūprā | Cœlĭgĕnās | æthĕrĭs ō- | mnes [2].

9° La strophe alcaïque (159). On chante en certains diocèses l'hymne suivante , à la louange du sacré Cœur :

Chrīstĭ | trĭūm- | phōs, | dīgnăquĕ | Nūmĭne,
Stătīs | dĭĕ- | būs, | gēstă jū | vēt cŏli;
　Nūnc Cōr | săcrā | tūm, chā- | rĭtā | tis
　Pērpĕtŭ- | æ vĕnĕ- | rĕmūr | āram.

10° Enfin la strophe composée de vers trochaïques. Comme les règles de ces vers sont moins connues, nous en ferons l'objet d'un paragraphe spécial. .

§ II

Vers trochaïques.

191. I. Pange lingua, hymne de la Passion [3]. — Chaque strophe est ordinairement disposée en six vers, dont le premier, le troisième et le cinquième sont trochaïques dimètres complets, au lieu que le second, le quatrième et le sixième sont trochaïques dimètres catalectiques. Les pieds de nombre impair (1 et 3) sont

---

[1] Fête de saint Herménégilde, martyr.

[2] Hymne en l'honneur de l'Assomption de la sainte Vierge. On peut aussi scander de la manière suivante (166, note 5) :

O quām | glōrĭfĭ- | cā || lūcĕ cŏ | rūscăs.

[3] Auteur du *Pange lingua,* hymne de la Passion : Claudien Mamert; prêtre de Vienne, et frère de l'évêque de cette ville , v° siècle,

des trochées; et les pieds de nombre pair (2 et 4) sont
des trochées ou des spondées [1]. Le dernier pied du second, du quatrième et du sixième vers est tronqué, et
réduit à une syllabe isolée. Exemple :

> Pāngĕ, | līnguă, | glōrĭ- | ōsi
> Laūrĕ- | ăm cĕr- | tāmĭ- | nis,
> Et sŭ- | pĕr Crŭ- | cīs trŏ- | phæo
> Dīc trĭ- | ūmphūm | nōbĭ | lem ;
> Quālĭ- | tĕr Rĕ- | dēmptŏr | ōrbis
> Immŏ- | lātūs | vīcĕ- | rit.

Ces vers peuvent être considérés comme des tétramètres catalectiques ayant leur césure après le quatrième pied. Alors la strophe n'est que de trois vers,
et chaque vers est de huit pieds moins une syllabe. On
les scande ainsi :

> Pāngĕ, | līnguă, | glōrĭ- | ōsī ‖ laūrĕ- | ăm cĕr- | tāmĭ- | nis.

L'hymne de Notre-Dame des Sept-Douleurs : *O quot
undis lacrymarum,* est également en vers trochaïques,
la strophe est en tout semblable à celle que nous venons
de décrire :

> O quŏt | ūndīs | lācrĭ | mārum,
> Quō dŏ | lōrĕ | vōlvĭ | tur,
> Lūctŭ- | ōsă | dē crŭ- | ēnto
> Dūm rĕ- | vūlsūm | stīpĭ- | te
> Cērnĭt | ūlnīs | īncŭ- | băntem
> Vīrgŏ | Mātēr | Fīlĭ- | um !

II. **Sponsa Christi,** prose de la Toussaint [2]. — Cette
prose est aussi en vers trochaïques dimètres, alternant
avec des dimètres catalectiques ; mais la strophe n'a que
quatre vers au lieu de six.

> Spōnsă | Chrīstī, | quæ pĕr | ōrbem
> Mīlĭ | tās Ec- | clēsĭ- | a;

---

[1] La réunion du premier et du second pied, du troisième et du quatrième, et ainsi de suite, forme ce qu'on appelle des dipodies trochaïques, comme :

> Pāngĕ līnguă, | prōmĕ cāntūs, | etc.

[2] Auteur de la prose *Sponsa Christi :* Jean-Baptiste de Contes, chanoine de Paris, XVIIe siècle.

Prŏmĕ | cāntūs, | ĕt să- | crātos
Dīc trĭ | ūmphōs | Cœlĭ- | tum.

On peut réunir deux vers en un seul, qui est alors trochaïque tétramètre catalectique.

Spōnsă | Chrīstī | quæ pĕr | ōrbēm || mīlĭ | tās Ēc- | clēsĭ-a.

Remarque. Une légère modification dans la manière de scander les vers ci-dessus en fait des iambiques. Il suffit de séparer la longue du premier trochée, en la considérant comme anacrouse, c'est-à-dire comme prélude.

On scande, d'après cette dernière méthode, le chant traditionnel de la prose *Sponsa Christi* (les syllabes itaques sont coulées avec légèreté, comme si le vers était composé d'une syllabe longue et de sept iambes) :

Spōn | *să* Chrī– | *stĭ* quæ | *pĕr* ōr | *bēm* mī | *lĭ*tās | Ēclē- | sĭa.

ARTICLE II
Des hymnes et des proses non mesurées.

192. Les hymnes et les proses qui ne sont pas soumises aux lois de la métrique, suivent cependant, comme nous l'avons dit, des règles déterminées. Ces règles sont établies d'après le nombre des syllabes, l'accent tonique [1] et quelquefois la rime.

I. **Pange lingua,** hymne au saint Sacrement [2]. — Cette hymne paraît avoir beaucoup d'analogie avec le mètre que nous venons de décrire. Cependant elle n'est pas astreinte à la quantité.

La strophe est partagée en six vers. Les vers de nombre impair (1, 3, 5) sont octosyllabiques, et doi-

---

[1] Voyez les règles de l'accent tonique, ci-dessus, nᵒ 188.
[2] Auteur du *Pange lingua,* hymne au saint Sacrement : saint Thomas d'Aquin.

vent avoir l'accent tonique sur la troisième et la septième syllabe. Les vers de nombre pair (2, 4, 6) sont
heptasyllabiques, et l'accent tonique est sur l'antépénultième. Exemple :

> Pange, língua, gloriosi
> Corporis mystérium.
> Sanguinísque pretiósi,
> Quem [1] in mundi prétium.
> Fructus véntris generósi
> Rex effudit géntium.

Remarque I. L'accent tonique se retrouve, par sur-
croît, sur d'autres syllabes encore : mais les syllabes que
nous indiquons le reçoivent toujours, et, frappées un
peu plus fortement dans la prononciation, elles pro-
duisent une cadence riche et harmonieuse. La même
observation s'applique à toutes les poésies sacrées qui
sont l'objet de cet article II.

Nous ne signalerons pas les différentes combinaisons des rimes [2], dont l'ordre est toujours facile à reconnaître.

Remarque II. On peut approfondir davantage les lois de ce
rhythme en tenant compte, non seulement de l'accent tonique
principal, mais encore de l'accent secondaire, dont nous
avons ci-dessus donné les règles (p. 98, *I Remarque.*)

Observons d'abord que les vers se partagent en groupes
binaires; la première syllabe de chacun de ces groupes est
affectée soit de l'accent tonique principal, soit d'un accent
secondaire. Les vers heptasyllabiques (le 2e, le 4e et le 6e)
perdent la dernière syllabe du dernier groupe, et sont pour
ainsi dire catalectiques. Cette strophe présente une analogie
sensible avec les trochaïques dimètres (149) combinés avec les
trochaïques dimètres catalectiques (*ibid.*).

Les pieds sont des espèces de trochées rhythmiques dont

---

[1] Dans les hymnes et les proses non mesurées, on ne fait pas ordi-
rement l'élision.

[2] Pour que deux vers riment convenablement en latin, il faut qu'ils
aient leurs deux dernières syllabes communes; mais il n'est pas nécessaire
que, dans l'un et l'autre vers, la même consonne commence la pénultième. Ainsi *natus* rime bien avec *conversatus*.

chacun, au lieu d'être composé d'une longue et d'une brève, offre une syllabe accentuée et une syllabe atone, comme *préti-* | *ósi*. Exemple :

> Pánge | língua | glóri- | ósi
> Córpŭ- | rís mys- | téri- | úm.
> Sángui- | nísque | préti- | ósi,
> Quém in | múndi | préti- | úm
> Frúctus | véntris | géne- | rósi
> Réx ef- | fúdit | génti- | úm.

On peut réunir deux de ces vers en un seul, analogue au trochaïque tétramètre catalectique :

> Pánge | língua | glóri- | ósi ‖ córpo- | rís mys- | téri- | úm.

Tout ce que nous venons de dire dans cette *Remarque II* au sujet de l'hymne *Pange lingua*, doit s'appliquer aussi aux proses *Lauda Sion*, *Stabat Mater*, *Te laudamus*, *Dies iræ*.

II. Lauda Sion. — Stabat Mater. La belle prose *Lauda Sion*, et le *Stabat Mater*[1] suivent le même rhythme que le *Pange lingua* de la Fête-Dieu. Mais la strophe n'a pas le même nombre de vers, et le vers heptasyllabique ne revient qu'à la fin de chacune des strophes.

Les vers octosyllabiques ont l'accent sur la troisième et sur la septième syllabe, et les vers heptasyllabiques sur l'antépénultième. Exemple :

> Lauda, Síon[2], Salvatórem,
> Lauda dúcem et pastórem
> In hymnis et cánticis.

---

1 *Lauda Sion*, prose pour la fête du Saint-Sacrement. (Saint Thomas d'Aquin.) — La strophe *Dies enim solemnis agitur*, commence par deux vers décasyllabiques, comme ceux de la prose *Jerusalem et Sion filiæ*. (Voyez plus loin, VI.) Quant à la strophe *Vetustatem novitas*, elle est tout entière en vers heptasyllabiques. Ce sont les deux seules exceptions à la règle générale de cette prose. — *Stabat Mater*, prose pour la fête de Notre-Dame des Sept-Douleurs. Les uns attribuent cette composition à Jacopone de Todi, poète italien du XIII° siècle, de l'illustre famille des Benedetti, les autres au pape Innocent III, XII° et XIII° siècle. Le même Jacopone est aussi, dit-on, l'auteur du *Stabat de la crèche*, qui se scande d'après le même rhythme.

2 *Sion* est accentué à la manière des mots latins. Comme mot hébreu, il porterait l'accent sur la dernière syllabe, *Sión*. Il en est de même des

Quantum pótes, tantum aúde,
Quia májor omni laúde,
      Nec laudare súfficis.

———

Stabat Máter dolorósa,
Juxta crúcem lacrymósa
      Dum pendebat Fílius.

Cujus ánimam geméntem,
Contristátam et doléntem
      Pertransivit gládius[1].

A ce rhythme appartient encore la prose de saint
Pierre et de saint Paul :

Te laudámus, o Regnátor,
O pastórum, Christe, pástor,
      Summis in principibus[2].

III. **Dies iræ.** — Le *Dies iræ* ou prose des morts[3]
suit les mêmes lois que le *Lauda Sion*, avec cette exception que le vers heptasyllabique n'y est pas admis.
Tous les vers sont de huit syllabes, et ils ont l'accent
sur la troisième et sur la septième. Exemple :

Dies íræ, dies ílla
Solvet séclum in favílla,
Teste Dávid cum Sibylla.

Quantus trémor est futúrus,
Quando júdex est ventúrus,
Cuncta strícte discussúrus[4]!

———

mots *Dávid* (en hébreu *David*), dans la prose *Dies iræ*, et *Béthlehem*
dans l'*Adeste fideles*.

[1] Dans le *Stabat Mater*, au vers *Flammis ne urar succensus*, certaines liturgies particulières avaient substitué : *Ne flammis urar succensus*. C'était un vers faux, la troisième syllabe *mis* n'ayant pas
l'accent tonique. On voulait éviter l'hiatus *Ne urar*. Mais cet hiatus, qui
ne blesse nullement l'harmonie, est d'ailleurs très légitime. (Voyez plus
haut des licences analogues, n° 104.)

[2] La prose *Te laudamus, o Regnator*, est imitée de *Roma Petro glo-
rietur*, dont l'auteur est Adam de Saint-Victor, xii° siècle.

[3] D'après l'opinion la plus généralement adoptée, l'auteur du *Dies
iræ* est Thomas de Célano, franciscain du xiii° siècle.

[4] Quelques liturgies particulières, au siècle dernier, avaient ainsi modifié la première strophe de la prose des morts :

IV. Ave, maris stella. — Cette hymne, d'une poésie si gracieuse, est en vers de six syllabes, ayant l'accent sur la pénultième. Exemple :

> Ave, maris stélla,
> Dei Mater álma,
> Atque semper vírgo,
> Felix cœli pórta.

Remarque. En tenant compte de l'accent secondaire (149, *I Remarque*), on partage les vers de l'*Ave maris stella* en trois groupes binaires, ayant l'accent sur la première syllabe. Ces vers sont analogues aux trochaïques dimètres brachycatalectiques (ou privés de deux syllabes). Chaque pied est une sorte de trochée rhythmique formé d'une syllabe accentuée et d'une syllabe atone. (Comparez la *Remarque II, n° 192.*)

> Ave | máris | stélla.
> Súmens | íllud | áve.
> Vírgo | síngu- | láris.

V. Veni, Sancte Spiritus. — Dans la prose de la Pentecôte, *Veni, sancte Spiritus.*[1], la strophe est composée de trois vers heptasyllabiques, dont l'antépénul-

---

> Dies íræ, dies ílla,
> Crucis expandens vexílla,
> Solvet séclum in favílla.

Le second vers : *Crucis expandens vexilla*, était incorrect, puisqu'un accent indispensable manquait sur sa troisième syllabe.

Les deux derniers vers du *Dies iræ* sont heptasyllabiques; ils ont l'accent sur l'antépénultième, et rentrent dans la catégorie des proses dont nous allons parler au paragraphe V :

> Pie Jesu, Dómine,
> Dona eis réquiem.

[1] La prose *Veni, sancte Spiritus* est une ardente prière, qui tient de l'extase. Les uns l'attribuent au pape Innocent II, (xiie siècle), d'autres, au roi de France Robert (xie siècle). Elle a plus probablement pour auteur Étienne Langton, prélat anglais, chancelier à l'Université de Paris, créé cardinal et archevêque de Cantorbéry par Innocent III, en 1207. — Clichtove, critique du xvie siècle et auteur d'un recueil célèbre de poésies sacrées, dit au sujet de cette prose : *Non satis hæc oratio, mea quidem sententia, commendari potest : nam omni commendatione superior est. Crediderim auctorem, quum hanc contexuit orationem, cœlesti quadam dulcedine perfusum esse interius, qua Spiritu Sancto auctore tantam eructavit, verbis adeo succinctis, suavitatem.*

tième porte toujours l'accent : la pénultième par conséquent est toujours brève. Exemple :

> Veni, sancte Spíritus,
> Et emitte cœlĭtus
> Lucis tuæ rádĭum[1].

Un grand nombre de proses et quelques hymnes ont
ces caractères communs avec le *Veni, sancte Spiritus,*
qu'elles sont astreintes à un nombre déterminé de syllabes, que l'antépénultième est accentuée et la pénultième brève. Mais le nombre des vers contenus dans la
strophe n'est pas toujours le même. On peut citer
comme exemples :

Votis Pater ánnüit (*fête de Noël*);
Ad Jesum accúrrĭte (*Epiphanie*);
Solemnis hæc festívĭtas (*Ascension de Notre-Seigneur*);
Induant justítĭám (*Assomption de la sainte Vierge*);
Sacris solémnĭis   { *hymnes au saint Sacrement*[2].
Verbum supernum pródĭens }

VI. Jérusalem et Sion filiæ, prose pour la fête de
la Dédicace. — Les strophes de la prose *Jerusalem et
Sion filiæ*[3] sont composées de quatre vers : les trois premiers sont décasyllabiques; ils ont l'accent sur l'antépénultième, et, toujours coupés après la quatrième
syllabe, ils ressemblent assez à nos vers français de
dix syllabes. Le quatrième vers est tétrasyllabique, et
a l'accent sur la pénultième. Exemple :

> Jerusalem | et Sion fílĭæ
> Cœtus omnis | fidelis cúrĭæ

---

[1] Chacun des vers a l'accent tonique proprement dit sur l'antépénultième, et un accent secondaire (p. 98, *Remarque I.*) sur la finale : *Spi-*
ritús, cœlitús, rádiúm.

[2] L'auteur des hymnes *Sacris solemniis* et *Verbum supernum* est saint
Thomas d'Aquin. L'hymne *Sacris solemniis* peut se partager en sept
ou en quatre vers. Partagée en quatre vers, elle semble dérivée de la
strophe asclépiade terminée par un glyconique (n° 169), et on peut la
chanter sur la même mélodie.

[3] Adam de Saint-Victor, chanoine régulier de Saint-Victor-lez-Paris,
XIIe siècle, passe pour l'auteur de la prose *Jerusalem et Sion filiæ.*

4

Melos pangant | jugis lætĭtĭæ!
Allelúia.

VII. Victimæ paschali.

— La prose de Pâques *Victĭmæ paschali* [1] est une œuvre lyrique où respire le plus vif enthousiasme envers le Sauveur ressuscité. Cette prose observe la loi de l'assonance [2], et offre partout des modulations graves et nombreuses. L'accent tonique est sur la pénultième [3].

Victimæ paschali laúdes
Immolent Christiáni.
Agnus redemit óves;
Christus innocens Pátri
Reconciliavit peccatóres.

VIII. O filii et filiæ.

— Ce joyeux cantique, que l'Église chante aussi le saint jour de Pâques, est composé de vers octosyllabiques, soumis seulement à la rime ou à l'assonance.

O filii et filiæ,
Rex cœlestis, rex gloriæ
Morte surrexit hodie.

IX. Adeste fideles.

— La strophe est beaucoup plus compliquée dans ce cantique si pieux et si suave de la fête de Noël, *Adeste fideles*. Chacune des strophes est de huit vers ainsi distribués : .

Le 1er, le 2e et le 3e vers : 6 syllabes.
Le 4e : 4 syllabes.
Le 5e : 5 syllabes.
Le 6e : 6 syllabes.

---

1 La prose *Victimæ paschali* est attribuée communément au bienheureux Notker, surnommé *le Bègue*, religieux du monastère de Saint-Gall, ixe siècle. Elle est à la vérité contemporaine de cet auteur, mais ne semble pas avoir le cachet des hymnes appelées notkériennes.

2 L'assonance est une rime imparfaite. Ainsi *duello* forme une assonance avec *mirando*.

3 Un seul vers, *Dux vitæ mórtuus*, fait exception, et reporte l'accent sur l'antépénultième.

Le 7ᵉ, trois fois répété : 7 syllabes.
Le 8ᵉ : 3 syllabes.

Tous les vers ont l'accent sur la pénultième, sauf le
4ᵉ et le 8ᵉ qui le reportent sur l'antépénultième.
Exemple :

> Adeste, fidéles,
> Læti, triumphántes,
> Venite, venite
>   In Béthlĕem.
> Natum vidéte
> Regem Angelórum :
> Venite adorémus (*ter*)
>   Dómĭnum.

> En, grege relicto,
> Humiles ad cúnas
> Vocati pastóres
>   Apprópĕrant.
> Et nos ovánti
> Gradu festinémus.
> Venite, adorémus (*ter*)
>   Dómĭnum [1].

Observations générales sur la poésie des prières liturgiques.

193. Dans les offices de l'Église, les hymnes et les
séquences ne sont pas seules ornées des grâces de la
poésie. Parfois le vers héroïque, ou le distique formé
de ce même vers et de l'élégiaque, se rencontrent
dans un introït, un graduel, une antienne, etc. Exemples :

> Salve, sancta Parens, enixa puerpera Regem [2].
>   (*Introït des fêtes votives de la sainte Vierge.*)
> Fac nos innocuam, Joseph, decurrere vitam ;

---

[1] On peut comparer les autres strophes de l'*Adeste fideles* avec ces
deux premières : elles sont absolument semblables pour la modulation
de l'accent tonique et pour le nombre des syllabes.

[2] *Sedulius*, prêtre du vᵉ siècle, auteur du *Paschale carmen*.

Sitque tuo semper tuta patrocinio.

(*Verset de l'*Alleluia, *en la fête du Patronage de S. Joseph.*)

Solve, jubente Deo, terrarum, Petre, catenas,
Qui facis ut pateant cœlestia regna beatis.

(*Verset de l'*Alleluia, *en la fête de saint Pierre ès liens.*)

O magnum pietatis opus, mors mortua tunc est,
In ligno quando mortua vita fuit.

(*I*ʳᵉ *Ant. des Vêpres, dans les fêtes de la sainte Croix.*)

Hir vir, despiciens mundum et terrena, triumphans,
Divitias cœlo condidit ore, manu.

(*Ant. de* Magnificat, *aux II*ᵉˢ *Vép. des Confess. non Pont.*)

194. Un grand nombre de prières liturgiques, même en prose, se font remarquer par de très belles cadences, parfaitement en rapport avec les pensées qu'elles expriment [1].

Les oraisons offrent, en particulier, d'excellents modèles aux jeunes littérateurs [2]. Chacune d'elles présente une pensée noble et touchante développée en période harmonieuse. Dans l'exemple que nous citerons on peut observer : 1° la grâce poétique de l'allégorie, qui se continue d'une manière charmante depuis le commencement de la période jusqu'à la fin ; 2° les modulations variées résultant de l'accent tonique ; 3° l'heureuse combinaison des syllabes brèves ou longues, sonores où fugitives ; 4° les repos ménagés dans la phrase, pour la facilité de la respiration et le plaisir de l'oreille ; 5° enfin, le nombre majestueux de la finale :

Bonórum ómnium largítor, omnípotens Deus, — qui beátam Rosam, cœléstis grátiæ róre prævéntam, — virginitátis et patiéntiæ decóre Indis floréscere voluisti : — da nōbis fámulis

---

[1] On peut étudier à ce point de vue le beau répons de Noël : *Quem vidistis, pastóres?* (IIᵉ du Iᵉʳ Nocturne); le répons *Libera me, Dómine, de morte ætérnâ,* de l'Office des Morts, etc.

[2] Nous avons pensé que ces réflexions, dans une *prosodie* latine, ne seraient point regardées comme un hors d'œuvre. En effet, le mot προσῳδία, en latin *accentus* (de *ad, cantus*), signifie accent, et, par extension, chant harmonieux, rhythme, modulation, nombre.

tuis ; — ut in odórem suavitátis ējus curréntes, — Christi bonus odor éffici mereámur. (*Fête de sainte Rose de Lima.*)

Nous pourrions multiplier les citations, si les étroites limites de cet ouvrage le permettaient. On verrait que le *Paroissien romain* est non seulement un admirable manuel de prières, mais encore un livre étincelant de beautés littéraires. Ces pages sublimes, inspirées par l'Esprit de Dieu, et composées par des hommes en qui l'éclat du génie se joignait aux vives lumières de la foi, élèvent doucement l'âme vers Celui qui est lui-même le principe de toute beauté et de toute harmonie.

FIN DE LA PROSODIE LATINE

NOTICE

I. AVANT LES GRECS

COUP D'ŒIL SUR LA VERSIFICATION DES HÉBREUX

1. L'art de composer des poésies mesurées remonte à une haute antiquité. On le trouve chez les Hébreux dès le temps de Moïse, qui vivait environ 1.700 ans avant Jésus-Christ. Aujourd'hui d'après le sentiment assez général des savants, la poésie hébraïque ne consistait pas seulement dans la hardiesse des pensées, la grandeur des images, la richesse du style, et le parallélisme[2] de la phrase; elle offrait de plus un rhythme harmonieux et régulier. Plusieurs hébraïsants prétendent que ce rhythme était basé sur la numération des syllabes. Mais d'autres, avec plus de vraisemblance,

---

[1] Nous indiquons l'origine et l'emploi des autres espèces de vers dans des notes spéciales placées à la fin du volume, p. 146 et suiv.

[2] Le parallélisme exprime, en deux membres de phrases successifs, soit deux idées opposées en antithèse, soit la même idée avec des termes différents. La pensée est ainsi rendue avec force et enthousiasme. Par exemple, il y a parallélisme dans les versets suivants de David :

1o Même idée répétée :

Mittat tibi (Deus) auxilium de Sancto, *. et de Sion tueatur te.
Tribuat tibi secundum cor tuum, * et omne tuum consilium confirmet.
(*Ps.* xix.)

2o Deux idées opposées :

Cum sancto sanctus eris * et cum perverso perverteris. (*Ps.* xvii.)

reconnaissent dans les poèmes sacrés des pieds analogues à ceux qu'employèrent les Grecs et les Latins.

2. M. l'abbé Maunoury, à qui des travaux fort estimés sur l'hébreu et sur les langues de Rome et d'Athènes donnent en cette matière une grave autorité, a soutenu le dernier sentiment dans les *Études catholiques,* année 1880, numéros 4, 5 et 10. Le témoignage de saint Jérôme vient à l'appui de sa thèse : les vers hébreux, dit ce savant docteur, sont des hexamètres composés de dactyles, de spondées ; et, suivant le génie de la langue, ils admettent encore d'autres pieds qui n'ont pas le même nombre de syllabes, mais qui présentent les mêmes temps musicaux. *Hexametri versus sunt, dactylo spondæoque currentes, et, propter linguæ idioma, crebro recipientes et alios pedes non earumdem syllabarum, ·sed eorumdem temporum.* (Hieron. Præf. in Job.)

Ces pieds, autres que le dactyle et le spondée, sont principalement l'anapeste, comme *bŏnĭtās,* l'amphimacre, comme *dīlĭgēs,* et le bacchius, comme *săcērdōs.*

On pourra se faire une idée d'un vers hébreu, en modifiant ainsi un vers très connu de Virgile :

Ō nĭmīs | bĕātōs | āgrĭcŏ | lās, sŭă | sī bŏnă | nōrīnt.

Il est vraisemblable que le Phénicien Cadmus, en apportant l'alphabet aux Grecs vers le XVIe siècle avant Jésus-Christ, leur enseigna de même les premiers principes du rhythme dactylique et de la versification héroïque.

II. GRECS

LE VERS HÉROÏQUE

Nature du rhythme dactylique et commencements du vers héroïque chez les Grecs.

3. Le pied qui fait la base du rhythme dactylique est nommé dactyle, à cause de son analogie avec le doigt, δάκτυλος, dont une phalange est plus longue que chacune des deux autres. Comme la syllabe longue vaut un temps, et la brève un demi-temps [1], le dactyle représente une durée de deux temps. Il a pour équivalent le spondée, ainsi appelé du mot σπονδή, à cause de l'usage qu'on en faisait dans les chants qui accompagnaient les libations.

4. Les variétés du rhythme dactylique étaient nombreuses chez les Grecs. Il y avait :

Le dimètre (deux pieds).

Le dimètre catalectique ou adonique (un dactyle et un trochée).

Le trimètre (trois pieds).

Le tétramètre (quatre pieds).

Le tétramètre hypermètre (quatre pieds et une syllabe).

Le pentamètre (cinq pieds complets) [2].

Enfin on trouve dans les fragments des lyriques grecs et dans les métriques des anciens l'heptamètre, qui a sept pieds, et l'octomètre qui en a huit.

Le trimètre et le tétramètre étaient fréquents dans les chœurs. Mais le plus célèbre et le plus beau des vers qui composent le rhythme dactylique, c'est l'hexamètre héroïque.

5. Le premier vers qui revêtit cette forme exprimat-il une loi, une maxime, un fait, mis en mesure afin qu'on pût le graver plus facilement dans la mémoire ? l'on ne sait. Ce fut peut-être une inscription, telle que celle-ci, qui se lisait en Crète sur le tombeau de Jupiter :

’Ενταῦ- | θα Ζὴν | κεῖται, | τὸν Δία | κικλή | σκουσιν.

---

[1] Quelques grammairiens comptent la syllabe longue pour deux temps, et la brève un temps. Cette divergence importe peu ; car la relation des longues et des brèves demeure la même.

[2] Ce pentamètre ne doit pas être confondu avec le pentamètre élégiaque, dont nous parlerons bientôt, et qui était formé de deux hémistiches ayant chacun deux pieds et demi.

Un poète ionien dont le nom est inconnu, composa, dit-on, le premier, des hymnes en dactyliques hexamètres, dont il retrancha, comme dans le vers ci-dessus, la dernière syllabe. Telle fut, en Grèce, l'origine du vers héroïque. On l'appela ainsi, parce qu'il fut particulièrement consacré à chanter les exploits des héros. Les aèdes[1] l'employèrent aux fêtes solennelles pour charmer de leurs mélodieux récits les rois et les convives. Mais le poète qui lui donna sa plus grande perfection et qui est à bon droit regardé comme le père de la versification héroïque, ce fut Homère.

Le vers héroïque dans Homère, Hésiode, Théocrite.

HOMÈRE

6. On ne sait rien d'assuré sur la naissance, la patrie et la destinée d'Homère. Il vivait, d'après la plus grande probabilité, vers 900 ans avant Jésus-Christ, deux ou trois siècles après la prise de Troie[2]. Sept villes se sont disputé l'honneur de l'avoir vu naître. C'est ce que rappelle les deux vers suivants :

Ἕπτα ἐριδμαίνουσι πόλεις διὰ ῥίζαν Ὁμήρου,
Κύμη, Σμύρνα, Χίος, Κολοφών, Πύλος, Ἄργος, Ἀθῆναι.

Les deux grands poèmes que cet illustre personnage a légués à la postérité sont l'*Iliade* et l'*Odyssée*[3].

---

[1] Les aèdes (ἀοιδοί, de ἀείδω, *canere*) réunissaient les caractères de prêtres et de poètes dans les temps primitifs de la Grèce. Leur fonction était de chanter les héros et les dieux. Tels furent Orphée, Musée, Démodocus, etc.

[2] Une tradition jadis populaire et devenue classique, le fait errer pendant toute sa vie, aveugle, pauvre et presque mendiant : on dit qu'il chantait et récitait lui-même ses vers pour gagner son pain de chaque jour.

[3] Trente-quatre hymnes nous sont aussi parvenues sous le nom d'*Hymnes homériques*. Ils peuvent être comptés parmi les plus anciens monuments de la poésie grecque : mais ils n'appartiennent pas à l'auteur de l'*Iliade*. Des rhapsodes, dont le nom est inconnu en furent sans doute les auteurs. On en compte six qui méritent une mention particulière :

7. L'*Iliade*, épopée en vingt-quatre chants, est regardée à bon droit comme la plus belle qui ait jamais été publiée. Œuvre dramatique par excellence, dit Longin, elle raconte la colère d'Achille pendant le siège d'Ilion; et, dans le développement de ce seul épisode, elle fait voir en raccourci le tableau de cette guerre mémorable qu'Horace appelle si bien le long duel de l'Europe et de l'Asie :

> Fabula qua, Paridis propter narratur amorem,
> Græcia Barbariæ lento collisa duello. (L. 1, *Épit.* ii, 3.)

8. L'*Odyssée*, sorte de roman poétique, entremêlé de légendes et d'épisodes, présente les aventures d'Ulysse depuis la prise de Troie jusqu'à sa rentrée à Ithaque et à sa victoire sur les prétendants de Pénélope; vaste ensemble où se groupent incidemment les suites de la guerre de Troie et les destinées des principaux chefs de l'armée des Grecs.

9. Ces deux ouvrages, si bien liés, ont une forme, une couleur et des beautés différentes : mais on reconnaît parfaitement que le même génie les a enfantés. L'un et l'autre sont d'une merveilleuse beauté pour l'invention poétique, l'enchaînement des idées et des faits, la richesse du style. C'est dans l'Iliade et l'Odyssée que le prince des poètes enseigne, comme le dit Horace, dans quelle mesure il convient de chanter les hauts faits des rois, la valeur des grands capitaines et les combats meurtriers :

> Res gestæ regumque ducumque et tristia
> Quo scribi possent numero monstravit Homerus.
>
> (*Art poét.,* 176.)

C'est là qu'Homère a créé, pour ainsi dire, la versification héroïque, qui, avant lui, n'était qu'une ébauche bien imparfaite.

---

les hymnes à Apollon Délien, à Apollon Pythien, à Mercure, à Vénus, à Cérès et à Bacchus.

10. Le vers héroïque employé par ce poète est, quant à la mesure, celui que nous avons décrit (5) : un dactylique hexamètre réduit à la forme catalectique, c'est-à-dire abrégé d'une. syllabe. Le dernier dactyle se trouve ainsi remplacé par un trochée.

Comme phrase musicale, ce vers, comme nous l'avons dit, a douze temps. La brève que perd le dernier dactyle est remplacée par un silence d'un demi-temps. C'est ainsi qu'un poème entier, comme l'Iliade, peut se battre en mesure à deux temps depuis le commencement jusqu'à la fin.

11. Les mesures ne doivent pas être isolées ; il faut qu'elles soient rattachées entre elles par des mots qui enjambent d'un pied sur l'autre. C'est ce qu'il est facile de remarquer dans ce début de l'Iliade :

Μῆνιν ἄ- | ειδε, θε- | ά, Πη- | ληϊά- | δεω 'Αχι- | λῆος.
Οὐλομέ- | νην, ἣ | μυρί' 'Α- | χαιοῖς | ἄλγε ἔ- | θηκεν.

Le nombre des syllabes, dans le vers, varie de treize jusqu'à dix-sept ; et les coupes, ménagées avec art, facilitent la respiration en même temps qu'elles plaisent à l'esprit, et charment l'oreille.

12. Homère suit, à plusieurs égards, des lois assez libres. Chez lui la réduplication des consonnes initiales ou finales (*Prosod.* 102, 103), l'abréviation de la voyelle longue placée à la thésis devant une voyelle (104), ne sont pas admises à titre de licences, mais regardées comme parfaitement régulières.

Le vers spondaïque, où le cinquième dactyle cède sa place au spondée, est fréquent chez Homère, au lieu qu'il est exceptionnel et rare chez les Latins. En voici un exemple :

Ὡρμῶντ' | ἐκ κλισί- | ης 'Αγα- | μέμνονος | 'Ατρεί- | δαο.

Il n'est pas rare que le dactyle obligé (car il en faut toujours au moins un, même dans le vers spondaïque) soit ramené du cinquième pied, non seulement au quatrième, comme dans l'exemple précédent, mais au troisième, au second et même au premier. Jamais il n'en résulte, chez Homère, rien de blessant pour l'oreille ; la marche de sa phrase poétique est toujours pleine d'aisance et de grâce.

13. En somme, la versification homérique, tantôt lente, tantôt rapide, ici familière, là familière et grave, s'adapte aux pensées, aux images, aux sentiments les plus riches et les plus variés. On peut donc la compter, sans nul doute, parmi les belles conceptions de l'esprit humain.

HÉSIODE

14. Vers la même époque où fleurissait Homère, Hésiode [1] écrivit à son tour, en vers héroïques, des ouvrages qui devaient transmettre son nom à la postérité.

15. Le plus ancien de ses poèmes, et celui dont l'authenticité est incontestée, a pour titre : *Œuvres et jours,* "Εργα καὶ ἡμέραι. Cet ouvrage débute par un éloge de la pauvreté et du travail ; puis il rappelle la dégénérescence de la race humaine après l'âge d'or. Là se trouve en original la belle fable de la *Boîte de Pandore,* qui versa tous les maux sur la terre, ne conservant pour tout bien que l'espérance. L'âge de fer, continue Hésiode, a développé chez les puissants l'injustice et la violence. Viennent ensuite les châtiments que la justice divine réserve aux coupables. Enfin, après une longue série de considérations morales, le poète commence à décrire les travaux des champs, les montre pleins de charmes, et, avec les plus vives instances,

---

[1] Hésiode naquit au village d'Ascra, en Béotie : ce qui a donné lieu à ce vers de Virgile (*Georg.* II, 176) :

Ascræumque cano Romana per oppida carmen.

Il se livrait avec sa famille aux travaux des champs, et, dans ses ouvrages, il se représente comme faisant paître ses troupeaux au pied de l'Hélicon. Son père mort, il fut en querelle avec son frère au sujet de l'héritage paternel. Hésiode, condamné par les juges, émigra, dit-on, à Orchomène, où il vécut jusqu'à un âge très avancé.

invite son frère à s'y livrer. Un calendrier poétique des jours fastes et néfastes termine les *Œuvres et Jours*.

Tout cela est exprimé en vers nobles, faciles et harmonieux, semblables pour la mesure et pour la physionomie générale, à ceux d'Homère. Ils sont écrits dans le même dialecte mêlé de quelques éolismes.

La *Théogonie* ou généalogie des dieux est, au jugement de plusieurs critiques, l'œuvre d'un des disciples d'Hésiode. Elle se compose de mille vers environ, dont un grand nombre sont du même style que les *Œuvres et Jours;* mais beaucoup d'autres s'y rencontrent qui ne peuvent être du même poète.

On attribue encore à Hésiode, mais avec trop peu de fondement, une chronique héroïque, dont il nous reste des fragments, sur les mères des Héros. Les anciens la désignaient sous le nom de *Catalogues des femmes,* Κατάλογοι γυναικῶν, ou bien encore de *Grandes Éées,* Ἡοῖαι μεγάλαι. Ce dernier titre venait de ce que la légende de la plupart des héroïnes se rattachait au récit par cette transition ἢ οἵη, *seu qualis* (ou telle que).

Un fragment détaché de ce poème, sur Alcmène, sert d'introduction au récit du combat livré par Hercule à Cycnus. Cette narration poétique renferme la description du *Bouclier d'Hercule,* imitation ingénieuse, mais relativement récente du *Bouclier d'Achille* dans l'*Iliade*.

THÉOCRITE

16. Quelques siècles plus tard, le vers héroïque fut adapté par Théocrite [1] à un nouveau genre de poésie, l'idylle: ce mot signifie image (εἰδύλλιον) et n'indique à

[1] Théocrite naquit à Syracuse, au IIIe siècle avant Jésus-Christ. Il passa plusieurs années dans l'île de Cos, où il fut l'élève de Philétas et le condisciple de Ptolémée Philadelphe. Celui-ci, devenu roi d'Égypte, ouvrit sa cour aux savants et aux lettrés dont il avait partagé les études. Notre poète résida quelque temps près de lui; puis il revint à Syracuse, où il vécut sous le règne d'Hiéron II.

proprement parler qu'un petit poème quelconque. Sous
le titre général : *Idylles,* Théocrite nous a laissé vingt-
neuf pièces analogues à ce que nous appelons poésies
fugitives. Douze seulement sont *pastorales* ou *bucoliques*.

17. Quelque sujet qu'il traite, le poète sicilien réunit
à une exquise souplesse de génie des grâces simples
et champêtres. La plupart de ses œuvres sont écrites
en dialecte dorien et presque toutes en hexamètres dactyliques. Chez lui l'harmonie est coulante, mais ferme,
et son vers prend aisément les différents tons que ré-
clame le sujet. La césure qu'il affectionne particulièrement, et qu'on nomme pour cette raison césure bucolique, est celle qui suspend le vers après le quatrième
dactyle. Le vers suivant nous en offre un exemple :

Ἰχθύος ἀγρευτῆρες ὁμῶς δύο | κεῖντο γέροντες. (*Idyl.* xxii.)

Théocrite, un jour, inspirera Virgile, auteur des *Bucoliques,* comme Hésiode et Homère traceront le che-
min à Virgile, auteur des immortels poèmes des *Géorgiques* et de l'*Enéide*.

**L'hexamètre et le pentamètre combinés. — Distique élégiaque.
— Nature du vers élégiaque.**

18. Le vers élégiaque ou pentamètre dactylique est
composé de deux hémistiches égaux en durée. Il ne
peut avoir moins de douze syllabes ni plus de qua-
torze. Le premier hémistiche est formé de deux pieds,
dactyles ou spondées, et d'une syllabe longue ; le second,
de deux dactyles et d'une syllabe longue.

Ce vers, comme l'hexamètre, se bat en mesure à
deux temps. Même il n'est autre chose que l'hexamètre
dont la troisième et la sixième thésis sont remplacées
par le silence d'un temps entier que les musiciens appellent *soupir*.

19. Le pentamètre n'est jamais continu, κατὰ στίχος.

Il est vrai qu'une satire contre l'empereur Commode, citée par Lampride, est composée de six pentamètres; on nomme aussi une autre pièce semblable que l'on trouve dans Martianus Capella, et enfin le spirituel badinage que Donat attribue à Virgile :

> Sic vos non vobis nidificatis, aves;
> Sic vos non vobis mellificatis, apes.

Mais qui ne sent combien ce genre de modulation deviendrait vite monotone et fatigant? Aussi n'emploie-t-on d'ordinaire le pentamètre que précédé de l'héroïque; et la réunion de ces deux vers forme une petite strophe pleine de grâce, appelée distique. En voici un exemple, tiré de Solon:

Μνημοσύ- | νης καὶ | Ζηνὸς 'Ο- | λυμπίου | ἀγλαὰ | τέκνα,
Μοῦσαι | Πιερί- | δες, — | κλῦτέ μοι | εὐχομέ- | νῳ- [1].

Commencements du vers élégiaque. — Élégie consacrée à la douleur et à la joie.

20. On convient généralement que le vers élégiaque, tel que nous venons de le décrire, fut inventé au VIIe siècle avant l'ère chrétienne. Quel est son auteur? Les uns nomment Archiloque de Paros, plusieurs Terpandre de Lesbos, et le plus grand nombre Callinus d'Ephèse [2]. Mais on peut toujours redire après Horace :

> Quis tamen exiguos elegos emiserit auctor,
> Grammatici certant, et adhuc sub judice lis est. (*Art poét.*, 77.)

21. L'usage de ce vers nous est révélé par son nom même : il appartient à l'élégie [3]. Or l'élégie fut, dans

---

[1] Quelques grammairiens ont supposé que le troisième pied du pentamètre est un spondée suivi de deux anapestes. Ce système, à la vérité, ne brise pas la mesure à deux temps; car l'anapeste est, pour la durée musicale, l'équivalent du spondée : mais il offre moins d'harmonie, comme le montre cet exemple :

Μοῦσαι | Πιερί- | δες κλῦ- | τέ μοι εὐ- | χομένῳ.

[2] Ces trois poètes florissaient presque en même temps, au VIIe siècle avant Jésus-Christ.

[3] 'Ελεγεία, de ἒ λέγειν, dire : hélas!

l'origine, l'éloge funèbre, en langage poétique, d'un parent, d'un ami, d'un compatriote, d'un guerrier. Chez les Grecs elle était chantée au son de la flûte.

D'abord plaintive, elle ne tarda pas, dit Horace, à exprimer la satisfaction et la joie :

Versibus impariter junctis querimonia primum;
Post etiam inclusa est voti sententia compos. (*Art poét.,* 75.)

Élégies guerrières, érotiques, morales.

SOLON, CALLINUS, MIMNERME, SIMONIDE DE CÉOS, ETC.

22. La versification élégiaque fut employée à exciter le courage des soldats avant la campagne ou pendant le combat. Tyrtée [1] fit entendre, l'un des premiers, ses poésies guerrières. Pendant la seconde guerre contre Messène, il chantait lui-même aux sons de la flûte ses entraînants distiques, qui devinrent, à Sparte, une partie essentielle de l'éducation de la jeunesse.

23. Solon vint ensuite [2]. Après avoir étudié, dans ses voyages, les mœurs et les lois des nations étrangères, il servit sa patrie par les armes. Les Athéniens, découragés par plusieurs entreprises infructueuses contre Salamine, que les Mégariens leur avaient enlevée, avaient décrété la peine de mort contre tout citoyen qui proposerait une nouvelle expédition. Solon, contrefaisant l'insensé, vint lire sur la place publique l'élégie pleine d'enthousiasme intitulée : *Salamine.* On rapporta le décret; Solon reçut le commandement des troupes, et l'île fut reconquise par ses armes.

---

[1] Né au bourg d'Aphidna, dans l'Attique, *Tyrtée* florissait au viie siècle avant Jésus-Christ. On dit qu'il était maître d'école et boiteux. Quand les Spartiates, sur la foi d'un oracle, demandèrent un chef aux Athéniens, ceux-ci envoyèrent par dérision Tyrtée; mais on ne tarda pas à reconnaître en lui un grand poète et un héros.

[2] *Solon,* le célèbre législateur, fut l'un des sept Sages de la Grèce.

24. Les Ioniens, amollis par une civilisation raffinée, et uniquement adonnés aux arts de la paix, se voient menacés vers la même époque par les Trères et les Cimmériens. La muse élégiaque du poète Callinus[1] les réveille, et la ville d'Éphèse avec toute l'Ionie lui doit son salut. La beauté poétique de l'élégie qu'il compose en cette occasion donne une haute idée de son talent.

25. Mimnerme[2], le premier, consacre les distiques élégiaques à exprimer la passion de l'amour. Les fragments qui nous restent de lui ont une gracieuse simplicité, de la vivacité et une grande beauté d'expression.

26. Simonide de Céos[3] composa et des élégies tendres et des pièces dans le genre de l'élégie ancienne. Dans le concours ouvert pour célébrer la victoire de Marathon, il l'emporta sur Eschyle lui-même. On admira aussi ses poésies sur les batailles d'Artémisium et de Salamine. Mais c'est surtout dans l'expression du pathétique que les anciens le trouvaient incomparable. Ils l'appelaient *le doux poète*.

27. On cite encore, parmi les poètes qui se sont illustrés dans l'élégie, Antimaque, dont la pièce intitulée *La Lydienne* (Λύδη) fut regardée par les anciens comme un chef-d'œuvre, et Callimaque, auquel Quintilien ne craignait pas d'accorder la palme sur tous les poètes élégiaques de la Grèce. Cependant Properce lui préférait Hermésianax et Philétas, dont les poésies sont remarquables de verve et de finesse[4].

---

1 *Callinus*, poète éphésien, du vii⁰ siècle avant Jésus-Christ.

2 *Mimnerme* était originaire de Colophon ou de Smyrne. Il florissait vers 650.

3 *Simonide* naquit en 556 avant Jésus-Christ, dans l'île de Céos, et mourut en 467 à Syracuse. On dit qu'il ajouta une huitième corde à la lyre, et les lettres η, ω, ξ et ψ à l'alphabet grec.

4 *Antimaque*, de Claros, fin du v⁰ siècle avant Jésus-Christ. — *Callimaque*, né à Cyrène, vers 320. — *Philétas*, de Cos, mort vers 290 avant

Élégie morale.

SOLON, THÉOGNIS

28. Nous ne saurions omettre le genre le plus élevé de l'élégie, celle qu'on a appelée *élégie morale*. Elle exprime en distiques des pensées, des maximes ou des sentences propres à régler les mœurs. Les auteurs qui ont écrit en ce genre sont appelés *poètes moralistes* ou *gnomiques*. Parmi eux Solon (23) tient l'un des premiers rangs. Dans une éloquente élégie morale contre l'ambition, il montre la justice divine frappant le crime de coups inévitables, il dépeint avec les plus vives couleurs les désirs insatiables des hommes, leurs espérances trompées, et, à la fin de tout, la souffrance et la mort.

29. Mais de tous les poètes moralistes de la Grèce, le plus remarquable est Théognis[1]. Il nous reste de cet auteur huit cents distiques élégants et harmonieux. Ils sont anjourd'hui classés en fragments divers; car les œuvres de cet écrivain ont été dérangées de leur ordre primitif par des compilateurs de sentences morales. Ses vers, adressés à un certain Cyrnus, forment un code de morale publique et privée : mais ce code est bien incomplet; car la philosophie de Théognis est défiante, chagrine, et ses vers ne peignent l'homme que par le mauvais côté. Quoi qu'il en soit, les beautés qu'ils offrent pour le fond et pour la forme, leur avaient concilié une telle estime chez les anciens, qu'on les apprenait encore par cœur deux siècles après, vers l'époque de la mort de Xénophon.

Jésus-Christ. — *Hermésianax*, de Colophon, vécut à peu près à la même époque.

[1] Théognis naquit à Mégare, vers 570 avant Jésus-Christ. Banni de sa patrie, il choisit Thèbes pour retraite. Quand il revint, il ne recouvra ni les honneurs ni la fortune qu'on lui avait ravis. De là cette sombre mélancolie qui se révèle dans ses poèmes.

Poésie chrétienne.

SAINT GRÉGOIRE DE NAZIANZE

30. Le christianisme a eu ses chantres, qui ont célébré dans la langue d'Homère les sublimes mystères de la religion. Nous citerons en particulier *Saint Grégoire de Nazianze* [1]. Cet illustre évêque, un des plus grands orateurs de l'Église, fut aussi un poète gracieux et pur. On a de lui cent-vingt-huit petites pièces sous le nom d'épigrammes, et cinquante-six poèmes de plus longue haleine; en tout vingt mille vers environ, dont la plupart sont d'élégants hexamètres.

Les œuvres poétiques de saint Grégoire offrent selon la nature des sujets les grâces du style tempéré, et l'énergie du style sublime. Tels sont, par exemple, ses chants sur la *Très sainte Trinité*, le *Dieu créateur*, la *Divine Providence*, les *Esprits*, l'*Ame humaine*, la *Généalogie du Christ*, l'*Éloge de la Virginité*. Le même écrivain nous a aussi légué de magnifiques pièces religieuses en distiques élégiaques. Ainsi l'*Incarnation du Verbe*, les *Miracles du Sauveur*, l'*Hymne au Christ ressuscité*, l'allégorie qui a pour sujet *Tempérance et Chasteté* ou *Songe de Grégoire de Nazianze*, etc., sont des morceaux charmants de beautés poétiques et de style élégant, vif et animé.

Dans tous les genres que nous avons mentionnés, les poésies grecques ont tracé des règles d'harmonie et de bon goût, qui devaient plus tard diriger les Latins dans la composition de leurs chefs-d'œuvre.

---

[1] Saint Grégoire naquit à Nazianze, en Cappadoce. Jeune encore, il étudia dans les célèbres écoles de Césarée, en Palestine, et d'Alexandrie. Puis il se rendit à Athènes, où il eut saint Basile pour condisciple et pour ami. Saint Grégoire gouverna tour à tour comme évêque les Églises de Sasime, de Nazianze, et, comme archevêque, l'Église de Constantinople. Violemment attaqué par les Ariens au concile qui se tint dans cette ville en 381, il se démit de ses fonctions sacrées et retourna en Cappadoce. C'est là qu'au sein de la retraite il vécut jusqu'à la fin de sa vie, partagé entre l'étude et la prière.

III. LATINS

AVANT VIRGILE

ANDRONICUS, NÆVIUS, ENNIUS

31. La versification prit naissance, à Rome, avec la poésie dramatique. Au IIIᵉ siècle avant Jésus-Christ, Livius Andronicus, Grec de Tarente, et le Campanien Cnéius Nævius, écrivirent des vers saturniens[1]. Mais ce fut Ennius[2] qui eut la gloire d'importer chez les Latins le vers héroïque. Son œuvre la plus importante est un poème épique, intitulé *Annales,* où il raconte, en dix-huit chants, l'histoire de Rome jusqu'à la seconde guerre punique.

Ennius traite avec énergie et noblesse le rhythme dactylique qu'il ose le premier emprunter à Homère. Mais le poète latin n'avait pas à manier un idiome aussi léger et aussi flexible que la langue ionienne. Tantôt il reproduit trop servilement pour le génie de sa langue la facture du vers homérique. Tantôt, brisant l'une des principales lois fixées par Homère, il s'abstient de lier, par l'enjambement des mots, les pieds de l'hexamètre. Il en résulte un défaut de nombre et d'harmonie, comme dans ces vers :

> Disperge hostes, distrahe, diduc, divide, differ.
> Sparsis hastis longis, campus splendet et horret.

En somme, Ennius est très inégal : à côté de fragments chargés de lourds spondées, pleins d'allitérations[3]

---

[1] Voyez la note I, à la fin du volume.
[2] *Quintus Ennius,* de Rubies, en Calabre, 239-169.
[3] On nomme *allitération* le retour fréquent d'une même lettre ou d'une même syllabe dans plusieurs mots de suite. Tel est ce vers d'Ennius, cité par Cicéron :

> O Tite, tute, Tati, tibi tanta, tyranne, tulisti.

désagréables et de mauvaises consonances, on trouve chez lui plus d'un passage qui rivalise avec les plus beaux de nos auteurs classiques [1].

LUCRÈCE

32. Le commencement du premier siècle avant Jésus-Christ vit naître Lucrèce [2]. Il dédia au célèbre tribun Memmius un poème composé de six chants et intitulé : *De natura rerum.* C'est l'exposition en vers héroïques du système matérialiste et athée d'Épicure. Avec une verve et une hardiesse peu communes, l'auteur flétrit certains mystères abominables des païens. Dans le genre descriptif, lorsqu'il dépeint les forces et la fécondité de la nature, il atteint parfois le sublime. Mais il ne se soutient pas ; son style est habituellement d'une sécheresse rebutante et sa muse a je ne sais quoi de rude et de sauvage. Vous cherchez en vain dans ses vers la variété de la modulation, les coupes savantes, les cadences harmonieuses. Lucrèce est en un mot, malgré son incontestable génie, l'un des poètes les moins propres à orner l'intelligence et à former le goût des jeunes gens.

CATULLE

33. Cette même époque fut illustrée par les ouvrages de Catulle. Tels que nous les possédons, ils comprennent cent seize poèmes de différentes mesures. Écrits en vers héroïques, l'*Épithalame de Thétis et de Pélée* et le poème intitulé *Atys* sont très remarquables. Sans doute la versification laisse encore beaucoup à désirer pour la douceur. Le vers spondaïque revient souvent, et parfois le dactyle obligé qui s'y rencontre, au lieu

---

1 Cicéron ne craignait pas de désigner Ennius sous le titre de *summus poeta.* Virgile lui-même lui emprunte bien des tours et des expressions.

2 *Titus Lucretius Carus,* né à Rome, 95-51.

d'être reporté du cinquième au quatrième pied, est ramené jusqu'au premier, comme on le voit dans le second des deux vers suivants :

Ipsius at sedes, quacumque opulenta recessit
Regia, fulgenti splendet auro atque argento.

Catulle, pour le fond et pour la forme, a des beautés du premier ordre. Ce qui le distingue en général, c'est la naïveté, l'abandon et la vivacité des sentiments et des expressions. En le lisant on pressent Virgile. Nous citerons un court fragment de l'*Épithalame*, pour donner une idée de ce qu'était la versification héroïque, au moment où le prince des poètes latins allait paraître. La Thessalie et toute la Grèce accourt pour les noces de Thétis :

Quæ simul optatæ finito tempore luces
Advenere, domum conventu tota frequentat
Thessalia : oppletur lætanti regia cœtu;
Dona ferunt; præ se declarant gaudia vultu.
Deseritur Scyros : linquunt Phthiotica Tempe,
Cranonisque [1] domos ac mœnia Larissœa ;
Pharsaliam coeunt, Pharsalia tecta frequentant.
Rura colit nemo; mollescunt colla juvencis,
Non humilis curvis purgatur vinea rastris;
Non glebam prono convellit vomere taurus ;
Non falx attenuat frondatorum arboris umbram ;
Squalida desertis robigo [2] infertur aratris.

(V, 31 et seq.)

On doit aussi mentionner des pièces nombreuses écrites par Catulle en distiques, et qui préludent aux élégies d'Ovide, de Properce et de Tibulle [3]. Ces poésies furent extrêmement populaires. Elles durent leur crédit tant à leur mérite réel qu'au choix des sujets traités, et au caractère tout romain qu'ils présentaient.

---

[1] *Cranon,* ville de Thessalie.
[2] *Robigo,* comme *rubigo,* rouille.
[3] Catulle a aussi composé en diverses mesures, des odes et des épigrammes.

VIRGILE ET SON ÉPOQUE

VIRGILE

34. Parmi les poètes latins Virgile [1] occupe sans contredit la première place. A l'âge de vingt-cinq ans, le *Cygne de Mantoue* (c'est le nom qu'il portera dans la république des lettres), n'avait encore rien produit de saillant. Les petits ouvrages intitulés *Culex, Ciris, Moretum,* que nous possédons aujourd'hui, ne sont peut-être pas ceux que le poète composa sous les mêmes titres. Quoiqu'il en soit, ces modestes essais ne firent paraître que l'aurore de son génie.

35. Après la bataille de Philippes (42 avant J.-C.) le territoire de Crémone avait été distribué par les triumvirs à leurs vétérans. Virgile dut à Pollion et à Mécène la restitution de ses terres. Pour leur témoigner sa reconnaissance, il composa en vers dactyliques hexamètres, imités de Théocrite, une série d'églogues sous le titre général de *Bucoliques.* Dix églogues sont parvenues jusqu'à nous. Si le poète latin n'a pas égalé son modèle pour la simplicité et le naturel, il a mieux respecté la délicatesse des bienséances, et il ne lui est pas inférieur pour l'élégance de la diction.

36. Virgile entreprit ensuite les *Géorgiques,* qui forment le poème didactique le plus important que nous possédions. Le plan et les détails en sont admirablement conçus : en quatre livres charmants, il traite de l'agriculture, des arbres, des troupeaux et des abeilles.

37. L'*Énéide,* commencée à l'âge de quarante ans, devait occuper tout le reste de sa vie. C'est un poème épique national, composé en l'honneur de Rome et parti-

---

[1] Virgile (*Publius Virgilius Maro*) naquit l'an 70 avant Jésus-Christ dans un petit village nommé Andes, près de Mantoue. Il mourut l'an 19 avant Jésus-Christ.

culièrement de la famille des Césars, dont il célèbre l'o-
rigine et le premier fondateur. Pour l'élégance du style,
le fini des détails, la grandeur et la vivacité des sentiments, ce poème est l'un des chefs-d'œuvre de l'esprit
humain. Toutefois Virgile ne l'avait pas amené au
point de perfection qu'il désirait, puisqu'il avait donné
ordre de le brûler après sa mort. Auguste sauva ce
magnifique ouvrage. On respecta du moins les dernières
volontés du poète en ne complétant pas les vers ina-
chevés : ce furent ses amis Tucca et Varius qui publièrent
l'*Énéide*.

L'hexamètre de Virgile comparé à celui d'Homère.

38. Nous avons déjà observé que la langue latine se
prêtait moins par elle-même que celle des Grecs aux
exigences de l'harmonie poétique. Pour triompher de
cette difficulté, Virgile créa certaines lois plus rigoureuses. Il s'astreignit non plus seulement à la liaison
des pieds et à la césure des vers, mais encore à la coupe
syllabique (71). En outre, il fit coïncider avec l'accent tonique la cinquième arsis et même habituellement
la sixième. Dans le reste du vers, il a soin que la rencontre de l'arsis et de l'accent ne soit pas continuelle;
ce qui produirait la monotonie [1]. On peut aisément remarquer l'application de ces principes dans le passage
suivant du VI⁰ livre :

> At pater Anchises, penitus conválle virénti
> Inclusas animas, superumque ad límen itúras,
> Lustrabat studio recolens, omnémque suórum
> Forte recensebat numerum, carósque nepótes,
> Fataque, fortunasque virûm, morésque, manúsque.
> Isque ubi tendentem adversum per grámina vídit

---

[1] Voici un vers, par exemple, qui est monotone par la rencontre de
toutes les arsis avec l'accent tonique :

> Sóle cadénte juvéncus arátra relíquit in árvo.

4*

Ænean, alacris palmas utrásque teténdit,
Effusæque genis lacrimæ, et vox éxcidit óre :
Venisti tandem; tuaque expectáta parénti
Vicit iter pietas! datur óra tuéri
Nate, tua, et notas audire et réddere vóces.

S'agit-il de produire pour l'harmonie imitative certaines cadences particulières, la sixième arsis se trouve
parfois séparée de l'accent; mais la cinquième y demeure unie presque invariablement, comme dans ces
vers :

Sternitur exanimisque tremens procúmbit humi bos.
Dat latus; insequitur cumulo prærúptus aquæ mons.

39. Parmi les libertés que s'accordait Homère, et
que les prédécesseurs de Virgile avaient conservées, celui-ci en retient un bon nombre qui ne doivent point
être considérées comme des négligences ou des incorrections. C'est ainsi qu'il se permet l'allongement de
certaines voyelles par suite de la réduplication de consonnes initiales ou finales, les hiatus résultant d'élisions
omises, etc. (*Prosodie*, 103, 104.) [1].

Lorsque par exemple, au livre X de l'*Énéide*, vers 720,
Virgile écrit :

Graius homo, infectos linquens profugus hymenæos,

il allonge la dernière syllabe de *profugus* par la réduplication de l's. Rien n'était cependant plus facile que
de modifier ainsi la construction de la phrase : *Profugus
linquens hymenæos*. Mais l'une et l'autre forme ont paru
également légitimes au poète, et le bon goût a seul
déterminé la place de l'adjectif *profugus*.

Au reste, la présence d'un mot grec, tel que *hymenæos*
inséré dans un vers, suffit pour autoriser toutes les libertés de la métrique grecque. Ainsi le vers cité plus
haut se termine, contre l'usage ordinaire de l'hexamètre latin, par un mot de quatre syllabes, et il n'offre

---

[1] Comparez ce que nous avons dit plus haut, p. 120, n° 12.

pas la coïncidence de la quatrième arsis avec l'accent tonique.

40. Le vers héroïque virgilien se prête avec une souplesse sans égale à rendre tous les mouvements de la pensée. Les citations que nous lui avons empruntées, aux numéros 111 et suivants de notre *Prosodie,* montrent avec quel art infini l'auteur de l'*Énéide* emploie, selon la diversité des sujets, les cadences tantôt légères et rapides, tantôt graves et nombreuses, quelquefois pesantes et rudes, ailleurs douces et coulantes. Personne n'a jamais mieux justifié, par le rhythme de sa versification, le mot célèbre d'Horace, *ut pictura poesis.*

OVIDE, AUTEUR DES <small>MÉTAMORPHOSES</small>

41. La même époque vit paraître un autre monument de la poésie héroïque, les *Métamorphoses* d'Ovide [1]. C'est un recueil de deux cent quarante-six narrations fabuleuses divisé en quinze livres; récits brillants et animés, unis avec beaucoup d'art en une sorte de poème épique.

42. Ovide a pris généralement Virgile pour modèle. On observe toutefois qu'il a diminué le nombre des licences homériques, qu'il a été plus sobre d'élisions et plus riche en dactyles que Virgile. Cela est vrai, mais nous ne voyons pas là un sujet de supériorité pour Ovide; car le poète de Mantoue montre un mérite sans égal soit dans l'heureux emploi des élisions, soit dans la combinaison savante et harmonieuse des dactyles et des spondées.

Une merveilleuse facilité jointe à une grande richesse de pensées et d'expressions se fait remarquer dans les *Métamorphoses.* Quoi de plus coulant et de plus varié,

---

1 Ovide naquit à Sulmone, dans les Abruzzes, l'an 41 avant Jésus-Christ. Il mourut exilé à Tomes, sur les bords du Pont-Euxin, l'an 14 de l'ère chrétienne.

par exemple, que la fable *Orphée et Eurydice?* Où trouver plus de grâce et de noblesse ? Citons seulement quelques vers :

Exitus Eurydices gravior : nam nupta per herbas
Dum nova, Naïadum turba comitata, vagatur,
Occidit, in talum serpentis dente recepto.
Quam satis ad superas postquam Rhodopeius auras
Deflevit vates, ne non tentaret et umbras
Ad Styga Tenaria est ausus descendere porta;
Perque leves populos, simulacraque functa sepulchris,
Persephonen adiit, inamœnaque regna tenentem
Umbrarum dominum ; pulsisque ad carmina nervis,
Sic ait : O positi sub terra Numina mundi,
In quem decidimus quidquid mortale creamur ;
Si licet, et, falsi positis ambagibus oris,
Vera loqui sinitis, non huc ut opaca viderem
Tartara descendi, nec uti villosa colubris
Terna Medusæi vincirem guttura monstri :
Causa viæ est conjux.

La mélodie de ces vers est charmante, mais elle fatiguerait à la longue par une symétrie trop continue.

OVIDE, POÈTE ÉLÉGIAQUE; PROPERCE, TIBULLE

43. Ce même poète, et deux hommes de génie avec lesquels il vécut dans une intime familiarité, Properce et Tibulle, donnèrent presque en même temps aux distiques latins leur plus belle forme et leur plus bel éclat.

Ovide nous a laissé 1º des lettres tendres intitulées : les *Héroïdes;* 2º les *Fastes,* espèce de calendrier poétique et religieux, parfois bien monotone, indiquant l'origine des principales fêtes romaines et les traditions qui s'y rattachent; 3º les *Tristes,* élégies où il se plaint des douleurs de son exil; 4º les *Épîtres du Pont,* où il implore l'intercession de ses amis auprès d'Auguste, etc. Ces ouvrages brillent par l'esprit et la grâce que l'auteur a su y répandre: on y admire en outre une douceur de versification, où il rappelle et surpasse peut-être les Grecs ses modèles.

Chez Ovide, l'hexamètre des élégies offre moins de licences que celui des *Métamorphoses;* pour l'accentuation du cinquième et du sixième pied, il est conforme à l'héroïque de Virgile. La cadence du pentamètre est toujours gracieuse. Pour la rendre encore plus agréable à l'oreille, il fait rencontrer l'accent tonique avec l'arsis du dernier dactyle complet; il en résulte que son vers élégiaque se termine par un dissyllabe, et que la pénultième du vers est elle-même accentuée. Comparez dans les distiques suivants l'accentuation des hexamètres et des pentamètres.

> Parve, nec invideo, sine me, liber, íbis in úrbem,
>   Hei mihi! quo domino non licet íre túo.
> Vade, sed incultus, qualem decet éxsulis ésse,
>   Infelix, habitum temporis hújus hábe.
> Nec te purpureo velent vaccínia fúco;
>   Non est conveniens luctibus ílle cólor.

Une modulation semblable se retrouve dans les ouvrages de Properce et de Tibulle.

44. Nous venons de citer deux poètes remarquables par la tendresse et le mol abandon qui règnent dans leurs écrits[1]. L'un et l'autre ont laissé quatre livres d'élégies. Properce, inférieur à Tibulle pour le sentiment, le surpasse par la vivacité et le lyrisme de son style. Mais il y a dans celui-ci plus de douceur et d'harmonie. Le premier a imité les Alexandrins Callimaque et Philétas; le second s'est rapproché davantage de Mimnerme.

HORACE

45. Au II⁰ siècle avant Jésus-Christ, Lucilius[2] avait composé trente satires, presque toutes en vers hexamètres pleins de verve et d'énergie, mais très libres

---

[1] *Sextus Aurelius Propertius,* né à Merania, dans l'Ombrie, vécut de 52 à 14 avant Jésus-Christ. — *Albius Tibullus* (44-18) était originaire de Rome.

[2] *Caius Lucilius,* de Suessa Aurunca, ville du Latium, 148-102 avant Jésus-Christ.

et souvent durs, à l'imitation d'Ennius. Horace [1] écrivit à son tour deux livres de satires, où il confirme les libertés de Lucilius, mais en adoucissant la rudesse de ce poète. Il y a joint des épîtres charmantes partagées aussi en deux livres. La dernière de ces lettres, adressées aux Pisons, offre un traité charmant de l'*Art poétique*, chef-d'œuvre de raison et de goût, qui a frayé la route à l'*Art poétique* de Boileau.

Le genre des satires et des épîtres d'Horace, est celui de la comédie et de la bonne conversation. Le rhythme est d'ailleurs en parfaite conformité avec les pensées et le style. En maints endroits le poète s'affranchit des règles épiques, relatives à la coupe des mots, à la césure des vers; il termine son hexamètre par un mot d'un nombre quelconque de syllabes, il n'a aucun souci des rencontres d'arsis et d'accent tonique recherchées par Virgile et par Ovide. C'est ainsi qu'avec beaucoup d'art, il dissimule sous le voile d'une excellente prose, les richesses de sa versification. Qu'on lise, par exemple, la quatorzième épître du livre premier, adressée à l'intendant de ses terres, et dont le début est si gracieux.

> Villice silvarum et mihi me reddentis agelli,
> Quem tu fastidis, habitatum quinque focis, et
> Quinque bonos solitum Variam dimittere patres;
> Certemus, spinas animone ego fortius, an tu
> Evellas agro, et melior sit Horatius an res.

APRÈS VIRGILE

46. La poésie héroïque continua de fleurir avec Lucain, Valérius Flaccus, Silius Italicus, Stace et Clau-

---

[1] *Quintus Horatius Flaccus*, naquit à Venouse en 61 avant Jésus Christ. Dans une de ses odes (l. II, 17), il jura à Mécènes de ne pas lui survivre : soit effet de la douleur, soit touchante coïncidence, il tomba malade aussitôt après la mort de son bienfaiteur, et mourut la même année que lui, l'an 7 avant l'ère chrétienne. — Ce n'est pas ici le lieu de parler d'Horace comme poète lyrique. Sur ses *Odes*, voyez la note *H,* à la fin du volume.

dien. Tous ces poètes adoptèrent comme modèles, pour l'hexamètre, les vers de Virgile dans leur forme la plus régulière. Mais ce fut principalement Ovide qu'ils s'efforcèrent d'imiter.

LUCAIN

Le style de Lucain[1], chantre de la Pharsale, est précis, exact, nerveux. Sa versification est brillante et souvent grandiose. Que de majesté par exemple dans cette célèbre apparition de la patrie à César sur le bord du Rubicon :

.... Ut ventum est parvi Rubiconis ad undas,
Ingens visa duci Patriæ trepidantis imago,
Turrigero canos effundens vertice crines,
Cæsarie lacera, nudisque adstare lacertis,
Et gemitu permista loqui : « Quo tenditis ultra ?
Quo fertis mea signa, viri ? Si jure venitis,
Si cives, huc usque licet. »

On sait que Lucain mourut à la fleur de son âge; il est très probable que son ouvrage ne fut pas publié tout entier de son vivant, et qu'il ne reçut pas ses dernières corrections. On lui reproche de n'avoir pas adopté un plan assez heureux. En outre, les coupes de ses vers sont peu variées, leur rhythme et leur modulation est monotone, l'affectation et la recherche paraissent quelquefois dans l'expression des sentiments. Néanmoins, la *Pharsale* offre des beautés nombreuses et étincelantes, et l'on ne peut s'empêcher de reconnaître qu'elle promettait un magnifique chef-d'œuvre.

VALÉRIUS FLACCUS, SILIUS ITALICUS, STACE

47. Le poème de Valérius Flaccus[2] sur la Toison d'or, intitulé les *Argonautes,* est imité de celui d'Apollonius

---

[1] *M. Annœus Lucanus* naquit à Cordoue l'an 39 de notre ère. Il vécut à Rome dès sa plus tendre enfance. Condamné à mort par Néron, qui lui laissa le choix de sa mort, il se fit ouvrir les veines.

[2] *Caius Valerius Flaccus* naquit, selon quelques auteurs à Padoue, et

de Rhodes [1] sur le même sujet. On ignore si l'auteur l'a laissé inachevé, ou si la fin de l'ouvrage n'est pas parvenue jusqu'à nous. Tel que nous le possédons, il est en huit livres, et se termine par la prière que Médée fait à Jason de l'emmener en Grèce. On y trouve des descriptions intéressantes, des comparaisons riches de poésie. Mais l'œuvre, dans son ensemble, est froide et incolore.

48. Silius Italicus [2] est connu pour son poème en dix-sept livres, intitulé : les *Puniques*. C'est le récit de la seconde guerre punique depuis la prise de Sagonte jusqu'au triomphe de Scipion l'Africain. Les vers de ce poème, dit Pline, sont faits avec plus de soin que de talent : on y souhaiterait plus de goût, d'invention et de chaleur. Mais il offre pourtant des sentiments grands et nobles ; l'ouvrage d'ailleurs ne manque pas d'intérêt au point de vue de la mythologie, de l'histoire et de la position géographique occupée par les divers peuples de l'Italie, de l'Espagne et de l'Afrique.

49. Silius eut pour contemporain Stace [3]. Les principales œuvres que nous a laissées ce poète sont 1° la *Thébaïde,* ou la guerre des sept chefs contre Thèbes, poème épique que l'on devrait plutôt appeler historique, et qui a pour dénouement la mort d'Étéocle et de Polynice ; et 2° l'*Achilléide,* épopée sur les exploits d'Achille ; il n'en composa que les deux premiers chants. Stace est véritablement poète ; il a pour lui la propriété des termes et l'éclat du style, la douceur du sentiment et la richesse

---

selon d'autres, à Sétia, bourg de la Campanie, aujourd'hui Sezza. Cette dernière opinion expliquerait le surnom de *Setinus* qui fut donné à ce poète. Il fleurit à la fin du premier siècle et fut contemporain de Vespasien, de Titus et de Domitien.

[1] *Apollonius de Rhodes*, poète épique grec, naquit à Alexandrie vers 276 et mourut en 186 avant Jésus-Christ.

[2] On croit que *Silius Italicus* eut pour patrie *Italica,* ville d'Espagne, à laquelle il devrait son nom. Né vers l'an 25, il mourut à la fin du siècle.

[3] *Publius Papinius Statius* naquit à Naples en 61 et mourut en 91.

de l'imagination. Son défaut est de prendre souvent l'exagération pour la grandeur et l'enflure du style pour l'enthousiasme.

PERSE, JUVÉNAL

50. L'aspect des vices et des ridicules qui régnaient sous Claude et Néron fit renaître le genre satirique, interrompu depuis Horace. Stoïcien ardent, Perse [1] a exprimé dans ses poésies les doctrines de son école. Il nous reste de lui des satires au nombre de six, qui comprennent en tout six cent cinquante vers hexamètres. Publiées seulement après sa mort par son ami Cæsius Bassus, elles excitèrent l'admiration et furent en grande estime jusqu'à la renaissance des lettres. Perse dut une partie de son succès à l'extrême concision de son style, aux métaphores hardies, à l'heureux emploi du genre familier, qui dissimule assez bien la mesure des vers, et les fait ressembler à une prose vive et animée. On lui reproche un défaut grave : c'est le manque de clarté.

51. A côté des satires de Perse viennent se placer naturellement celles de Juvénal [2]. Nous en avons quinze complètes et une seizième inachevée. Le poète y étale des tableaux pleins de vie où les empereurs, le sénat, le peuple, les philosophes, les auteurs, sont passés en revue. Ces ouvrages présentent certains passages plus déclamatoires que véritablement éloquents; ils n'ont rien d'ailleurs de l'aimable désordre des causeries qu'Horace nous a laissées sous ce même nom de satires.

---

1 *Aulus Persius Flaccus*, de Volaterra, en Étrurie, 34-62 après Jésus-Christ.

2 *Decimus Junius Juvenalis* vécut au Ier et au IIe siècle après Jésus-Christ. On dit qu'Adrien, croyant voir dans ses poésies des allusions désagréables pour lui, l'envoya guerroyer en Égypte avec le commandement d'une cohorte. Juvénal y mourut à l'âge d'environ quatre-vingts ans.

Néanmoins, on ne peut méconnaître en Juvénal un souffle puissant et un grand art de composition. « Son style est le plus original de l'époque de décadence », dit M. Nisard. Où il approche le plus de la belle langue de Virgile et d'Horace, c'est lorsqu'il flagelle les vices de son temps. Malheureusement il paraît s'y complaire ; ce qui a fait croire que son indignation n'était pas justifiée par sa vertu.

CLAUDIEN

52. Nous franchissons ici un assez long espace de temps, et nous arrivons à Claudien, *Claudius Claudianus,* qui naquit en Égypte, à Alexandrie, en 365. Il était païen [1] suivant saint Augustin et Orose. On le voit figurer en 395 à Rome, où il devient le poète adulateur du pouvoir. Parmi les ouvrages que la muse de Claudien nous a légués, on remarque un *Poème sur les noces d'Honorius et de Maria;* l'*Éloge de Stilicon* et le *Panégyrique de son consulat;* une *Invective contre Rufin;* une *Invective contre Eutrope.* Mais deux poésies font le véritable titre de Claudien auprès de la postérité ; ce sont : l'*Enlèvement de Proserpine,* et surtout le *Vieillard de Vérone,* pièce légère et gracieuse. On y sent l'étude de bons modèles et un goût supérieur à ceux des écrivains de la même époque. Mais il ne peut échapper à la corruption générale, aux termes impropres et aux constructions vicieuses. Avec quelque apparence d'éclat et d'énergie, son harmonie est sonore et vide. Il n'en reçut pas moins de son siècle l'honneur d'une statue en bronze, avec une inscription qui l'égalait à Virgile et à Homère, et le nommait *Prægloriosissimus poetarum.*

---

1 Les poésies chrétiennes que nous avons sous le nom de Claudien, ne sont pas du poète qui nous occupe, mais probablement de Claudien Mamert. Celui-ci fut un prêtre du diocèse de Vienne, très versé dans la philosophie et la littérature. Il vivait au ve siècle.

**Poésies chrétiennes. — Moyen âge. — Formes nouvelles
de versification. — Un mot sur les poètes qui ont fait
revivre la poésie latine au XVII° siècle.**

53. A partir de ce moment la grande poésie ne jeta
plus, chez les païens, que quelques rares étincelles.
Mais, au sein du christianisme, elle ne resta pas muette.
Saint Hilaire de Poitiers, le pape saint Damase, saint
Paulin de Nole, etc. [1], s'emparèrent de la métrique ancienne et la firent servir à la louange du vrai Dieu.
Nous pourrions citer un bon nombre de compositions
aussi brillantes que solides et mesurées d'après les
rhythmes anciens, dues à la foi religieuse depuis
les premiers temps du christianisme jusqu'au moyen
âge [2]. A la vérité ce n'est plus le latin de Virgile et d'Horace, pas plus que les grands orateurs de l'Église d'Oc-
cident ne parlent dans le style de Cicéron : c'est une
langue à part. Mais comme les poètes sacrés, pour les
pensées et les sentiments, ont des accents plus nobles
que toute la littérature profane, de même ils ont une
forme qui leur appartient, qui a son mérite particulier, et dont ils n'ont pas à chercher le type chez les
anciens.

On a reproché à ces écrivains d'avoir violé les

---

[1] Saint Hilaire de Poitiers, né vers 300, mort en 367. — Saint Damase,
304-384. — Saint Paulin, 353-431.

[2] Parmi les auteurs de ces belles poésies, on peut citer en particulier
Robert, roi de France, qui régna de 996 à 1031 ; saint Pierre Damien
(1007-1072); saint Bernard (1091-1151); Adam de Saint-Victor, mort
en 1177; Thomas de Célano, (XII° et XIII° siècles); saint Thomas d'Aquin
(1226-1274) ; saint Bonaventure (1221-1274).
Déjà au IV° siècle, saint Ambroise avait associé des rimes ou de
simples assonances à la poésie mesurée. Saint Augustin avait aussi résumé
l'histoire du schisme donatiste et réfuté ses principales erreurs dans
une pièce de trois cents vers intitulée : *Psalmus contra partem Donati.*
Tout le morceau était monorime, et chaque vers était coupé par une
césure médiane. La cantilène contre Donat fit le tour de l'Afrique, elle
était sur toutes les lèvres et dans toutes les mémoires. Ce fut comme le
début de l'époque de transition entre la prosodie ancienne et la versification de nos langues modernes.

principes de la quantité. A cela nous répondons que sans aucun doute les règles prosodiques ne leur étaient pas inconnues. Les libertés que prennent ces poètes pour la quantité de certaines syllabes reposent sur des différences de principes et non sur des erreurs. Ces différences étaient raisonnées, enseignées officiellement dans les écoles et pratiquées systématiquement. Très souvent elles consistaient à allonger dans la prononciation quelques syllabes qui, brèves de leur nature, étaient frappées de l'accent tonique; au contraire, on abrégeait certaines syllabes longues, mais atones ou privées d'accent. L'effet produit par ces libertés prosodiques n'avait rien de choquant, et les oreilles les plus délicates ne s'en trouvaient pas blessées.

54. Nous avons nommé le moyen âge. A cette époque une tendance générale se manifesta vers des formes poétiques plus populaires. A la prosodie ancienne fut substitué un rhythme fondé sur la numération des syllabes, l'accent tonique et la rime : et cette versification ne laissa pas de présenter, au jugement des hommes de goût, des beautés incontestables. Après avoir été exploitée avec bonheur par un grand nombre de poètes latins, cette forme nouvelle fut empruntée par nos poètes français; elle passa au XVIᵉ siècle dans les œuvres de Marot et de Ronsard; enfin, au XVIIᵉ siècle, elle apparut pleine de splendeur dans les œuvres de Corneille, de Racine et de J.-B. Rousseau. En même temps Rapin, Santeuil, Coffin et Vannière [1] reprenaient Vir-

---

1 *René Rapin,* né à Tours, 1621-1687, a laissé des églogues sacrées et un poème fort élégamment écrit, intitulé : *Hortorum libri quatuor.* — *Jean de Santeuil,* chanoine de Saint-Victor, à Paris, 1630-1697, traita d'abord des sujets profanes; puis il composa des hymnes à l'usage de l'Église de Paris : jusqu'à l'heureuse restauration du rit romain, elles furent chantées dans presque tous les diocèses de France. On a de lui des épigrammes où brille surtout le bon sens, et de belles inscriptions gravées sur plusieurs de nos monuments publics. — *Charles Coffin,* 1676-1749, naquit à Buzancy, dans les Ardennes : il fut recteur de l'Université en 1712. Ses poésies latines sont ingénieuses, et l'harmonie de

gile et Horace pour modèles, et faisaient revivre dans leurs écrits le génie aussi bien que la langue poétique de ces grands hommes.

---

ses vers est remarquable. A l'exemple de Santeuil, il écrivit des hymnes pour la liturgie parisienne. — *Jacques Vannières*, 1664-1739, naquit à Cannes, près de Béziers. Membre très distingué de la Compagnie de Jésus, il professa les humanités et la rhétorique dans plusieurs collèges de son ordre, et, en même temps, il cultiva la muse latine avec beaucoup de succès. Ses deux premiers poèmes furent publiés sous les titres de *Stagna* et *Columbæ*. Plus tard il les réunit et quelques autres encore, en un poème unique, le *Prædium rusticum*, ouvrage délicieux, qui rappelle la fraîcheur et l'élégance des *Géorgiques*.

NOTES

NOTE A, p. 14.

OBSERVATIONS SUR LA QUANTITÉ DE O FINAL

La quantité de *o* final, dans certaines formes, a varié suivant les différentes époques.

1° Jusqu'au milieu du Ier siècle après J.-C., *o* final est long au nominatif et au vocatif de la troisième déclinaison, quand la pénultième est longue, comme *prædō*, *virgō;* et dans les mots *ambō* (ἄμφω), *octō* (ὀκτώ), *serō*, *imō*, *ergō*, *quandō*.

> O virgō, nova mi facies, inopinave surgit.
> Ambō florentes ætatibus, Arcades ambō.
> Fortunate senex! ergō tua rura manebunt.   (Virg.)

A partir du règne de Néron, les finales précédentes deviennent communes. Ainsi on les trouve brèves dans les vers suivants :

> Imperii fines Tiberinum virgŏ natavit.
> ... Non est hic sermŏ pudicus.   (Juv.)
> Prædŏ fuit volucrum...   (Mart.)
> Ergŏ pari voto gessisti bella, juventus.   (Luc.)
> Ergŏne sollicitæ tu causa, pecunia, vitæ es.   (Prop.)

2° Jusqu'au siècle d'Auguste inclusivement, *o* final est toujours long dans les gérondifs, comme *flendō*, *cantandō*, et dans les autres formes des verbes, comme *fallō*, *cantō*, *ibō*, excepté dans quelques mots de deux syllabes dont la première est brève, et dans leurs composés, comme *puto*, *volo*, *scio*, *nescio* (pour *non scio*). Dans ces quatre mots, non seulement la finale ne

demeure pas nécessairement longue, mais elle est presque
toujours brève. Exemples :

> Cantō quæ solitus, si forte armenta vocabat.
> Frigidus in campis cantandō rumpitur anguis.
> Hoc sat erit : sciŏ me Danais e classibus unum.
> Nesciŏ quis teneros oculus mihi fascinat agnos.   (Virg.)
> Vos modŏ, quos certe nullo pŭtŏ crimine læsos.   (Ov.)

On trouve quelquefois dans Horace et dans Ovide, mais
plus souvent dans les poètes qui les ont suivis, *eŏ,*
rŏgŏ, vetŏ, amŏ, negŏ, petŏ, ferŏ, conferŏ, etc.

> Nunc eŏ dormitum....   (Hor.)
> Non amŏ te, Sabidi, nec possum dicere quare.   (Mart.)

Horace ne fait pas difficulté d'abréger la finale de la
première personne du singulier, et cela, même dans
les mots de plus de deux syllabes, pourvu que la pénultième soit brève, comme *dixerŏ, obsecrŏ.* Exemple :

> Dixerŏ quid si forte jocosius, hoc mihi juris
> Cum venia dabis...   (Liv. I, *Sat.* iv, 103.)

On trouve même dans Virgile *spondĕŏ.*

Spondeo digna tuis ingentibus omnia cœptis. (*Æn.* IX, 296.)

A la vérité des éditions estimées donnent : *Sponde*
digna tuis... Mais il est aussi de très bonnes éditions
qui maintiennent *spondeo.*

Ovide est peut-être le premier qui abrège *ad libitum*
la finale d'une première personne, lorsque la pénultième est longue, comme *repēndŏ.* Exemple :

> Ingenio formæ damna rependŏ meæ. (*Heroïd.*)

Après les poètes du siècle d'Auguste, *o* final dans les
verbes est commun, sans qu'il soit nécessaire pour cela
que la pénultième soit brève. (Cependant on ne l'abrège
que très rarement dans les gérondifs, qui sont de véritables ablatifs.) Exemple :

> Vivat Fidenis, et agello cēdŏ paterno.   (Juv.)

Les jeunes gens peuvent donc légitimement, dans leurs compositions, traiter l'*o* final comme une voyelle commune, sauf les exceptions mentionnées dans notre Prosodie (n° 22). Leur refuser une liberté que n'hésitaient pas à prendre des poètes tels que Lucain, Properce, Tibulle, Juvénal, Martial, Ovide, Horace, etc., ne serait-ce pas tomber dans une sorte de purisme, et augmenter, sans motif suffisant, les difficultés de la versification?

NOTE **B**, p. 15.

OBSERVATIONS SUR LA QUANTITÉ DE U FINAL

Dans les noms en *u* de la quatrième déclinaison, tout le monde convient que la finale est longue aux cas indirects, c'est-à-dire au génitif, au datif et à l'ablatif. Mais quelle est sa quantité aux cas directs, qui sont le nominatif, le vocatif et l'accusatif? Sur ce point, les grammairiens latins ne sont pas d'accord. Les uns, tels que Diomède (édition Putsch, *Grammatici veteres*, 1, p. 286), Sergius (p. 1844), Metrorius Maximus (*Classic. Auct.*, édition Maï, t. III, p. 507), prétendent que cette finale est brève, aussi bien chez les Latins que chez les Grecs, γόνυ, *genŭ*. Les autres, comme Priscien (*Gramm.*, VII, p. 777), la déclarent longue, et citent à l'appui de leur assertion plusieurs vers des meilleurs poètes, entre autres les deux suivants de Virgile [1] :

Nuda genū, nodoque sinus collecta fluentes. (*Æn.* I, 324.)
Deprompsit pharetra, cornūque infensa tetendit.   (XI, 859.)

---

[1] Le premier de ces deux vers ne prouve pas d'une manière concluante que l'*u* final soit long dans les cas directs, attendu que le mot *genu* peut être ici à l'ablatif.

Aucun manuscrit ne porte ici *cornum,* qui paraissait à M. Quicherat la véritable leçon. Nous nous croyons donc autorisé, malgré l'opinion du savant auteur du *Thesaurus poeticus,* à maintenir la règle généralement admise : *U* à la fin des mots est long.

Remarquons toutefois, en terminant, que chez les poètes classiques les plus autorisés, les nominatifs, vocatifs et accusatifs en *u* se trouvent presque toujours, sinon exclusivement employés soit à la fin du vers (où la quantité demeure indéterminée), soit devant une voyelle qui élide leur finale.

NOTE C, p. 21.

DES CRÉMENTS

1. On appelle *crément*[1] un accroissement de syllabes qui a lieu dans la déclinaison et dans la conjugaison. Nous parlerons d'abord des créments considérés dans les noms, et en second lieu des créments considérés dans les verbes.

ARTICLE I

Des créments considérés dans les noms[2].

2. Dans les noms, on compte autant de créments qu'il se trouve de syllabes de plus aux autres cas qu'au

---

[1] En latin *crementum*, accroissement.

[2] Les *noms,* dans le sens large de ce mot, comprennent les substantifs et les adjectifs. Au reste, ce que nous dirons des créments considérés dans les noms s'applique pareillement à tous les autres mots déclinables.

[1] La première déclinaison peut avoir un crément dans certains archaïsmes, qui remplacent *æ* par *aï*. Alors ce crément est long. Exemple :

Ætherium sensum, atque auraï simplicis ignem.   (Virg.)

nominatif. Ainsi dans *virtutis*, génitif de *virtus*, il n'y a qu'un crément; dans *virtutibus*, il y en a deux.

On est convenu que le crément ne tombe jamais sur la dernière syllabe, mais sur celles qui la précèdent immédiatement. Si le mot croît d'une syllabe, c'est la pénultième qu'on doit regarder comme crément; s'il croît de deux ou trois syllabes, c'est la pénultième, l'antépénultième, et ainsi des autres, en suivant toujours le même ordre. Dans *virtutis*, le crément est *tu;* dans *virtutibus*, les deux créments seront *tu* et *ti*.

Il faut distinguer dans les noms deux sortes de créments, ceux du singulier et ceux du pluriel.

§ I

Créments du singulier.

Première déclinaison.

3. La première déclinaison n'a point de crément au singulier, comme on le voit dans *Musa, Musæ; Penelope, Penelopes,* etc. [1].

Deuxième déclinaison.

4. Règle. Le crément du singulier est bref dans les noms de la deuxième déclinaison, *puer, pŭĕri* [1]. Exemple:

Maxima debetur pŭĕro reverentia : si quid
Turpe paras, ne tu pŭĕri contempseris annos. (Juv.)

Troisième déclinaison.

5. Ire Règle. *A,* crément du singulier, est long dans

---

1 C'est à tort qu'on a excepté les noms propres étrangers *Iber* et *Celtiber,* car ces mots sont de la troisième déclinaison, et ils ont pour génitif *Iberis, Celtiberis.* Quant aux formes *Iberi, Ibero,* etc., *Celtiberi, Celtibero,* etc., elles appartiennent à la deuxième déclinaison parisyllabique, *Iberus, Celtiberus.*

les noms de la troisième déclinaison, comme *pietas*, *pietātis; animal, animālis*. Exemple :

> Si te nulla movet tantæ pietātis imago. (Virg.)

Exceptions. 1° *A* est bref dans les noms neutres grecs terminés en *a*, comme *poema, poemătis; thema, themătis*, etc. Exemple :

> Non satis est pulchra esse poemăta, dulcia sunto. (Hor.)

2° *A* est bref dans les noms en *as* qui ont le génitif en *adis* et *aris*, comme *lampas, lampădis; Pallas, Pallădis; mas, măris*, etc. Exemple :

> Postera quum primâ lustrabat lampăde terras
> Orta dies. (Virg.)

3° *A* est bref dans les noms propres masculins terminés en *al* et en *ar*, comme *Annibal, Annibălis; Cæsar, Cæsăris*, etc. Exemple :

> Annibălis spolia, et victi monumenta Syphacis. (Prop.)

4° *A* est encore bref dans les adjectifs *par, păris*, et dans ses composés *impar, impăris; dispar, dispăris*, etc. Joignez-y les noms suivants : *anas, anătis; bacchar, bacchăris; jubar, jubăris; lar, lăris; nectar, nectăris; sal, sălis; trabs, trăbis* [1]. Exemple :

> ... Numero deus impăre gaudet. (Virg.)

6. IIᵉ Règle. *E*, crément du singulier, est bref dans les noms de la troisième déclinaison, comme *seges, segĕtis; munus, munĕris*, etc. Exemple :

> Hic segĕtes, illic veniunt felicius uvæ. (Virg.)

Exceptions. 1° *E* est long dans les noms en *en* qui

---

[1] Ajoutez encore *anas, anătis*. Nous ne parlons pas du mot prosaïque *hepar, hepătis,* qu'aucun écrivain de bon goût n'admettra dans un vers.

font *enis* au génitif, comme *ren, rēnis; Siren, Sirēnis,* etc.
Exemple :

> Monstra maris Sirēnes erant, quæ, voce canorâ,
> Quaslibet admissas detinuere rates.   (Ovid.)

2° *E* est long dans les mots suivants : *heres, herēdis;
lex, lēgis; locuples, locuplētis; magnes, magnētis; merces,
mercēdis; quies, quiētis; rex, rēgis; ver, vēris; vervex,
vervēcis.* Exemple :

> Omnia sub lēges mors vocat atra suas.   (Ovid.)

3° *E* est long dans les noms en *er* et en *es* qui ont,
dans le grec, un η à la pénultième du génitif, comme
crater, cratēris; tapes, tapētis [1]. Joignez-y les noms hébreux : *Daniel, Daniēlis; Israel, Israēlis.* Exemple :

> Relinquunt
> Armaque, cratērasque simul, pulchrosque tapētas.   (Virg.)

7. III° Règle. *I* et *Y,* créments du singulier, sont
brefs dans les noms de la troisième déclinaison, comme
homo, homĭnis; martyr, martўris, etc. Exemple :

> Os homĭni sublime dedit, cœlumque tueri
> Jussit, et erectos ad sidera tollere vultus.   (Ovid.)

Exceptions. 1° *I* est long dans les monosyllabes *Dis,
Dītis; lis, lītis;* et dans *vīres,* pluriel de *vis* [2]. Exemple :

> Noctes atque dies patet atri janua Dītis.   (Virg.)

2° *I* est long dans les noms terminés en *in* qui viennent du grec, comme *Delphin, Delphīnis; Salamin, Sala-
mīnis,* et dans les noms de peuple, *Quiris, Quirītis; Samnis, Samnītis.* Exemple :

> Delphīnum similes, qui, per maria humida nando,
> Carpathium Libycumque secant.   (Virg.)

3° *I* et *Y* sont longs dans la plupart des mots en *ix* et

---

[1] Κρατήρ, ηρος, — τάπης, ητος.
[2] Joignez *glis, glĭris,* loir.

en *yx,* comme *felix, felīcis; radix, radīcis; bombyx, bom-bȳcis,* etc. Exemple :

> Vivite felīces, quibus est fortuna peracta. (Virg.)

Les noms suivants, terminés en *ix,* font *i* bref au crément : *calix, calĭcis; filix, filĭcis; fornix, fornĭcis; nix, nĭvis; pix, pĭcis; salix, salĭcis;* et *vĭcis,* dont le no-minatif *vix* n'est pas usité. Exemple :

> Et filĭcem curvis invisam pascit aratris. (Virg.)

8. IV° Règle. *O,* crément du singulier, est long dans les noms de la troisième déclinaison, comme *dolor, do-lōris; sermo, sermōnis; melior, meliōris.* Exemple :

> Infandum, regina, jubes renovare dolōrem. (Virg.)

Exceptions. 1° *O* est bref dans les substantifs neutres terminés en *or,* en *ur* et en *us,* etc., comme *marmor, marmŏris; ebur, ebŏris; pectus, pectŏris,* etc. Exemple :

> Fortiaque adversis opponite pectŏra rebus. (Hor.)

2° *O* est bref dans les noms propres en *or* qui vien-nent du grec, comme *Hector, Hectŏris; Nestor, Nestŏris;* et dans les noms de peuple en *o,* comme *Macedo, Mace-dŏnis; Saxo, Saxōnis,* etc. Exemple :

> Multa super Priamo rogitans, super Hectŏre multa. (Virg.)

3° *O* est encore bref dans ces noms : *arbor, arbŏris; bos, bŏvis; compos, compŏtis; impos, impŏtis; inops, inŏ-pis; lepus, lepŏris; memor, memŏris; præcox, præcŏcis; tripus, tripŏdis.* Exemple :

> Mugitusque bŏum, mollesque sub arbŏre somni. (Virg.)

9. V° Règle. *U,* crément du singulier, est bref dans les noms de la troisième déclinaison, comme *consul, consŭlis; dux, dŭcis; murmur, murmŭris,* etc. Exemple :

> Si canimus silvas, silvæ sint consŭle dignæ. (Virg.)

Exceptions. 1° *U* est long dans ces trois noms : *lux,
lūcis; Pollux, Pollūcis; frūgis*, dont le nominatif *frux*
n'est point usité. Exemple :

> Restitit Æneas, claraque in lūce refulsit.   (Virg.)

2° *U* est long dans les noms terminés en *us* qui ont
le génitif en *udis, uris, utis*, comme *palus, palūdis ; jus,
jūris ; salus, salūtis*, etc. Exemple :

> Una salus victis nullam sperare salūtem.   (Virg.)

On exceptera les deux noms suivants, qui font *u* bref au
crément : *pecus, pecŭdis; intercus, intercŭtis* [1]. Exemple :

> ... Maclavit honores,
> Nigram Hiemi pecŭdem, Zephyris felicibus albam.   (Virg.)

Quatrième et cinquième déclinaison.

10. Le crément du singulier, dans les noms de la
quatrième déclinaison, se rapporte à la quatrième
règle générale, où l'on voit qu'une voyelle est brève
quand elle est suivie d'une autre voyelle dans le
même mot. Telle est ici la nature du crément, comme
dans ces mots : *fructus*, datif *fructŭi ; questus, ques-
tŭi*, etc.

Le crément de la cinquième déclinaison est bref par
la même règle, comme dans *res, rĕi*. Cependant il est
long, suivant l'exception pour la voyelle *e* entre deux
i: dies, dĭēi, etc. (*Prosodie,* 10).

§ II

Créments du pluriel.

11. Il faut d'abord observer que les créments du singulier ne perdent pas cette dénomination au pluriel ; ils

---

[1] *Intercus*, sous-cutané, fait au génitif *intercŭtis*, en conservant à la
pénultième la quantité de l'étymologie *cŭtis*, peau.

conservent par conséquent la même quantité. Ainsi dans *virtūtes*, comme dans *virtūtis*, *tu* est long, en qualité de crément du singulier; pour la même raison, *po* est bref dans *tempŏrum*, aussi bien que dans *tempŏra*.

On connaît les créments du pluriel de la même manière que ceux du singulier, en comparant le nominatif avec les autres cas. Si l'on trouve au génitif, ou dans les cas suivants, une syllabe de plus qu'au nominatif pluriel, la pénultième sera un crément du pluriel. Ainsi *mensæ*, nominatif pluriel, n'a que deux syllabes; dans *mensarum*, qui en a trois, la pénultième *sa* est un crément du pluriel; dans *sermonibus*, ce sera la pénultième *ni*, etc.

12. RÈGLE GÉNÉRALE. *A*, *e*, et *o* sont toujours longs aux créments du pluriel; *i* et *u* sont toujours brefs; comme dans *flammārum*, *duābus*, *diōrum*, *bonōrum*, *ambōbus*; *fornacĭbus*, *artŭbus*, etc. Exemples :

Vidimus undantem ruptis fornacĭbus Ætnam,
Flammārumque globos liquefactaque volvere saxa. (VIRG.)

ARTICLE II

Des créments considérés dans les verbes.

13. Pour connaître les créments des verbes, il faut compter combien le présent de l'indicatif actif a de syllabes à la seconde personne du singulier; les autres personnes, dans toute la conjugaison, auront autant de créments qu'elles auront de syllabes de plus. Le crément ne tombe jamais sur la dernière syllabe. Dans *amo*, par exemple, la seconde personne *amas* a deux syllabes, *amamus* en a trois; ainsi la pénultième *ma* est un crément. *Amabamus* a quatre syllabes; ce mot a donc deux créments, qui sont *ma*, *ba*. *Amabamini* a cinq syllabes, et par conséquent trois créments, qui sont *ma*, *ba*, *mi*. Il en est de même de tous les autres verbes.

Pour connaître les créments des verbes déponents, il faut leur supposer la seconde personne d'un indicatif actif, qu'ils n'ont pas en latin. Par exemple, *hortas* sera cette personne supposée pour le verbe déponent *hortor*. Dans *hortaris*, qui a une syllabe de plus que *hortas*, on trouvera un crément; on en trouvera deux dans *hortabaris*, etc.

14. Ire RÈGLE. *A*, crément des verbes, est long. Exemples : *amāmus, docebātis, resonāre*, etc.

> Formosam resonāre doces Amaryllida silvas.　(VIRG.)

Exception. **A** est bref au premier crément du verbe *do* et de ses composés *circumdo, pessumdo*, comme *dătur, dăbătur; circumdămus, circumdăbāmus*. Exemple :

> Nam quod consilium, aut quæ jam fortuna dăbātur. (VIRG.)

15. IIe RÈGLE. *E*, crément des verbes, est long, comme *amēmus, tenēbant, conticuēre*. Exemple :

> Conticuēre omnes, intentique ora tenēbant.　(VIRG.)

Exceptions. 1° *E*, crément, est bref dans les temps du verbe *sum: ĕram, ĕro, fuĕrim*, etc., et dans les désinences semblables des autres verbes: *raptavĕram, audivĕro, legĕrim*, etc. Exemple :

> Ter circum Iliacos raptavĕrat Hectora muros.　(VIRG.)

2° *E* est bref dans les secondes personnes du futur terminées en *bĕris, bĕre*, comme *celebrabĕris, celebrabĕre*, etc. Exemple :

> Semper honore meo, semper celebrabĕre donis.　(VIRG.)

3° *E* est encore bref au premier crément du présent de l'indicatif, de l'imparfait du subjonctif, et du présent de l'infinitif dans les verbes de la troisième conjugaison: *legĕris, legĕrem, legĕre, legĕrēmus* [1], etc. Exemple :

> Jam legĕre, et quæ sit poteris cognoscĕre virtus. (VIRG.)

---

[1] Quelquefois *e* est bref aux terminaisons en *erunt*, dans ces mots *ste-*

16. IIIe Règle. *I*, crément des verbes, est bref, comme *vidĭmus, superavĭmus* [1], etc. Exemple :

> Satis una superque
> Vidĭmus excidia, et captæ superavĭmus urbi.   (Virg.)

Exceptions. 1° *I* est long au premier crément des verbes de la quatrième conjugaison, comme *audĭmus, scĭrent, ĭmus* [2], etc. Exemple :

> Ignoscenda quidem, scĭrent si ignoscere Manes.   (Virg.)

2° *I* est long au premier crément des parfaits en *ivi*, et des temps qui en sont formés, comme *quæsīvit, quæsīvĭmus, quæsivĕram.* Exemple :

> Quæsīvit cœlo lucem, ingemuitque repertâ.   (Virg.)

3° *I*, crément, est long au présent du subjonctif dans ces verbes : *volo, nolo, malo, sum* et ses composés *adsum, possum*, etc., comme *velīmus, velītis; sīmus, sītis; possīmus, possītis*, etc. Exemple :

> Atque hæc ut certis possīmus discere signis.   (Virg.)

17. IVe Règle. *O*, crément des verbes, est toujours long, comme *amatōte, estōte*, etc. Exemple :

> Venturæ memores jam nunc estōte senectæ.   (Ovid.)

18. Ve Règle. *U*, crément des verbes, est bref, comme *sŭmus, nolŭmus*, etc. Exemple :

> Nolŭmus assiduis animum tabescere curis.   (Ovid.)

Exception. U est long à la pénultième des futurs en *rus, ra, rum*, comme *amatūrus, moritūrus*, etc. Exemple :

> Cingitur, ac densos fertur moritūrus in hostes.   (Virg.)

ĭĕrunt, constitĕrunt, tulĕrunt. Mais on ne dira jamais *stetĕre, constitĕre* au lieu de *stetĕre, constitĕre.*

> Obstupui, stetĕruntque comæ et vox faucibus hæsit.
> Matri longa decem tulĕrunt fastidia menses.   (Virg.)

[1] Ovide allonge quelquefois, par licence, *i* crément des temps en *erim, ero*, comme *dederīmus, dederītis.* Exemple :

> Vitamque fatebor
> Accepisse, simul vitam dederītis in undis.

[2] Le verbe *eo* et ses composés suivent la quatrième conjugaison,

NOTE **D**, p. 22.

QUELQUES PRINCIPES PHILOLOGIQUES RELATIFS A LA DÉCOMPOSITION DES MOTS

RADICAL, TERMINAISON, FIGURATIVE, DÉSINENCE

I. Le *radical* traditionnel, c'est-à-dire tel qu'il a été interprété jusqu'ici dans nos grammaires, est la portion du mot déclinable ou conjugable qui demeure, lorsqu'on en retranche la partie flexible. Il s'étend jusqu'à la terminaison, comme *ros* dans *ros-arum*. Ex. :

Rosa.

		Rad.	Term.
Singulier.	Nom. Voc.	Ros-	*ă.*
	Gén.	Ros-	*æ.*
	Dat.	Ros-	*æ.*
	Acc.	Ros-	*am.*
	Abl.	Ros-	*ā.*
Pluriel.	Nom. Voc.	Ros-	*æ.*
	Gén.	Ros-	*arum.*
	Dat.	Ros-	*is.*
	Acc.	Ros-	*as.*
	Abl.	Ros-	*is.*

Dominus.

		Rad.	Term.
Singulier.	Nom.	Domin-	*us.*
	Voc.	Domin-	*e.*
	Gén.	Domin-	*i.*
	Dat.	Domin-	*o.*
	Acc.	Domin-	*um.*
	Abl.	Domin-	*o.*
Pluriel.	Nom. Voc.	Domin-	*i.*
	Gén.	Domin-	*orum.*
	Dat.	Domin-	*is.*
	Acc.	Domin-	*os.*
	Abl.	Domin-	*is.*

Amo.

	Rad.	Term.
Indic. prés.	*Am-*	*o.*
	Am-	*as*
Indic. impf.	*Am-*	*abam.*
Subj. prés.	*Am-*	*em.*
Subj. impf.	*Am-*	*arem.*
Infin. prés.	*Am-*	*are.*

II. D'après de nouvelles grammaires, le *radical* envahit dans certains mots la partie flexible. Il se complète alors en ajoutant au *radical traditionnel* (qui n'est plus qu'un radical partiel) la voyelle initiale de la terminaison.

Cette voyelle caractérise telle déclinaison ou telle conjugaison, et voilà pourquoi nous l'appellerons *figurative*. L'analyse dont nous parlons est surtout sensible dans les formes natives des mots. Exemples :

Rosa.

RAD. COMPLET.

		Rad. partiel	Fig.	Dés.	
Singulier.	Nom. Voc.	*Ros*	*ă.*		
	Gén.	*Ros*	*a-*	*i,*	par contr.: *Rosæ.*
	Dat.	*Ros*	*a-*	*i,*	par contr.: *Rosæ.*
	Acc.	*Ros*	*a-*	*m.*	
	Abl.	*Ros*	*a-*	*d,*	depuis : *Rosā.*
Pluriel.	Nom. Voc.	*Ros*	*a-*	*i,*	par contr.: *Rosæ.*
	Gén.	*Ros*	*a-*	*rum.*	
	Dat.	*Ros*	*a-*	*is,*	par contr.: *Rosis.*
	Acc.	*Ros*	*a-*	*s.*	
	Abl.	*Ros*	*a-*	*is,*	par contr.: *Rosis.*

Éléments de la term.

Dominus, primitivement **Dominos.**

RAD. COMPLET.

		Rad. partiel	Fig.	Dés.	
Singulier.	Nom.	*Domin*	*ŏ-*	*s* [1],	depuis : *Dominus* [2].
	Voc.	*Domin*		*e.*	
	Gén.	*Domin*	*o-*	*i,*	par contr.: *Domini.*
	Dat.	*Domin*	*o-*	*i,*	par contr.: *Domino.*
	Acc.	*Domin*	*o-*	*m,*	depuis : *Dominum.*
	Abl.	*Domin*	*ō-*	*d,*	depuis : *Domino.*

Éléments de la term.

---

[1] Comparez λόγος.

[2] On soumet la forme classique *Dominus* à une semblable analyse : *Domin u-s.*

	Rad. partiel	Fig.	Dés.	
Nom. Voc.	Domin	o-	i [1],	par contr. : *Domini.*
Gén.	Domin	o-	rum.	
Dat.	Domin	o-	is [2],	par contr. : *Dominis.*
Acc.	Domin	o-	ms,	depuis : *Dominōs.*
Abl.	Domin	o-	is [2],	par contr. : *Dominis.*

Pluriel.

Éléments de la term.

Amo.

RAD. COMPLET.

	Rad. partiel	Fig.	Dés.	
Indic. prés.	Am	a-	o,	par contr. : *Amo* [3].
	Am	a-	s.	
Indic. imp.	Am	a-	bam.	
Subj. prés.	Am	a-	em,	par abrév. : *Amem.*
Subj. imp.	Am	a-	rem.	
Infin. prés.	Am	a-	re.	

Éléments de la term.

Nous ne croyons pas devoir nous étendre davantage sur ces questions; car elles n'entrent que d'une manière indirecte dans le cadre d'une Prosodie latine.

Au reste, sans vouloir déprécier les travaux des savants qui recherchent les formes originelles et la composition primitive des mots grecs, latins, etc., nous doutons que, dans l'enseignement classique, les enfants puissent être initiés avec avantage à cette érudition.

NOTE E, p. 70.

ORIGINE ET USAGE DU VERS IAMBIQUE

Le pied qu'on appelle iambe (ἴαμϐος) tire son nom du verbe (ἰάπτω), *lacessere.* Les premiers qui l'employèrent

---

[1] Comparez λόγοι.
[2] Comparez λόγοις.
[3] Comparez τιμά-ω, par contr. τιμ-ῶ.

s'en firent en effet une arme contre ceux qu'ils poursui-
vaient de leurs invectives. Les diatribes contre les personnes ou contre les mœurs publiques furent primitivement mesurées avec des iambes : de là le nom d'iambique
donné à ce genre de composition. Souvent même on
disait des iambes pour désigner une satire mordante.

Le vers iambique, considéré dans son type principal,
qui est le sénaire ou trimètre, occupe, dans la versification des anciens, le premier rang après l'hexamètre
héroïque et le pentamètre élégiaque. C'est le vers qu'on
employait le plus fréquemment dans la tragédie et dans
la comédie. Archiloque [1] passe pour en être l'auteur :
il le consacra d'abord au genre satirique, comme le té-
moigne Horace :

> Archilochum proprio rabies armavit iambo.
>
> (*Art poét.*, 79.)

Mais après lui ce vers fut appliqué à des genres bien
différents, au point qu'Horace devait plus tard le faire
servir même à l'éloge de la vie champêtre. Chez Archiloque et Simonide de Céos [2], le vers iambique est presque
toujours pur. Eschyle, Sophocle et Euripide [3] fixèrent,
dans le dialogue de leurs drames, les lois du trimètre
tragique (*Pros.* n° 134). Le trimètre comique (*Pros.* 135)
est celui d'Aristophane [4] et des autres poètes de la vieille
comédie. Ménandre [5] et les poètes de la comédie nouvelle
revinrent aux règles du trimètre tragique.

L'effet du spondée, admis dans celui-ci aux pieds impairs, est de le rendre plus ferme et plus grave ; puis,

---

[1] *Archiloque*, poète ionien du vii° siècle avant notre ère.

[2] *Simonide de Ceos*, 566-467.

[3] *Eschyle*, d'Eleusis, 525-456. — *Sophocle*, de Colone, dans l'Attique,
495-405. — *Euripide*, né à Salamine, 485 ou 480, 407 ou 406.

[4] *Aristophane*, célèbre poète comique, originaire, suivant les uns
d'Athènes, suivant les autres, d'Egine ou de Rhodes. Il naquit vers l'an
450 avant J.-C., et mourut en 387.

[5] *Ménandre* naquit à Athènes en 342, et mourut en 290 avant l'ère
chrétienne.

les équivalents du spondée et de l'iambe, introduits par les comiques ont donné à ce rhythme des allures plus franches et plus variées.

Mais le trochée en est banni avec rigueur, parce que son mouvement est contraire à celui de l'iambe et qu'il briserait complètement la mesure.

Le rhythme iambique, tant qu'il restait soumis aux règles essentielles indiquées ci-dessus, avait pour caractère la légèreté. Il est décrit par Ausone avec originalité, dans le passage suivant d'une de ses épîtres, écrite elle-même en cette mesure :

> Iambe, Parthis et Cydonum spiculis
> Iambe, pinnis alitum velocior,
> Padi ruentis impetu torrentior,
> Magna sonoræ grandinis vi densior,
> Flammis corusci fulminis vibratior.

Archiloque, dans la poésie iambique, faisait alterner le trimètre avec le dimètre, en plaçant toujours le grand vers avant le petit. Cette sorte de distique est ce qu'on a appelé *Épodes*. Les épodes d'Horace sont des imitations de celles d'Archiloque. « Car, nous dit-il lui-même, j'ai montré le premier au Latium les iambes de Paros, j'ai emprunté le rhythme d'Archiloque et son inspiration.

> Parios ego primus iambos
> Ostendi Latio, numeros animosque secutus
> Archilochi. (L. I, *Epist.* xix, 23-25.)

Les poètes tragiques et comiques anciens ont employé ce mètre avec bonheur. Car il est rapide et sonore ; en même temps il est noble, coulant et facile, en sorte qu'il paraît fait pour le dialogue et l'action :

> Hunc socci cepere pedem grandesque cothurni,
> Alternis aptum sermonibus, et populares
> Vincentem strepitus, et natum rebus agendis.
> (*Art. poét.*, 80-82.)

Au vie siècle avant Jésus-Christ, un poète satirique

d'Éphèse, nommé Hipponax, inventa le trimètre choliambe ou scazon. C'est un iambique qui se termine
par un spondée; mais le cinquième pied est nécessairement un iambe. Ce vers convient fort bien à l'apo-
logue, comme on le voit en lisant les élégantes fables
de Babrius [1].

Chez les Latins, les comédies de Plaute et de Térence,
les tragédies de Sénèque et les fables de Phèdre [2], emploient le trimètre libre (135), où l'iambe n'est exigé
qu'au sixième pied. Mais le sénaire de la comédie, observe Cicéron, ressemble tellement à la prose, que parfois la mesure y est à peine sensible : *Comicorum senarii,
propter similitudinem sermonis, sic sæpe sunt abjecti, ut
nonnunquam vix in eis numerus et versus intelligi possit.*
(Orat., 55.) Cela vient de ce que les poètes comiques emploient une foule de contractions, de syncopes et de syné-
rèses. Ils contractent souvent le verbe *est,* et disent, par
exemple, *opu'st* pour *opus est.* Ils retranchent l's dans
beaucoup de mots en *us* et en *is,* comme *bonu'vir,
forti'miles,* et le *d* dans *apud, sed, quid,* etc., comme
apu'me; ils réunissent en une sorte de diphthongue
meus, tuus, deos, fuit, etc. Ils disent en quatre syllabes
relicuus, pour *reliquus,* etc.

En revanche, on trouve dans la prose des membres
de périodes qui rappellent ou même reproduisent le vers
iambique. La phrase suivante de la première Catilinaire
est un beau trimètre tragique : *Senatus hæc intelligit,
consul videt.*

Horace est, de tous les Latins, celui qui, dans l'em-

---

[1] *Babrius,* fabuliste grec, vécut du IIe au IIIe siècle après Jésus-
Christ.

[2] *Plaute,* né à Sarsina, dans l'Ombrie, 254-184. — *Térence* (Publius
Terentius), de Carthage, naquit vers 194 et mourut vers 158. — *Sénèque*
(Lucius Annæus Seneca), né à Cordoue vers l'an II après Jésus-Christ,
mort à Rome en 65. Il composa beaucoup d'ouvrages philosophiques en
prose, et dix tragédies en vers. — *Phèdre* naquit environ quarante ans
avant Jésus-Christ, sur le mont Pierus, en Macédoine. Il vécut sous
Auguste et sous Tibère.

ploi de l'iambique sénaire, s'est le plus rapproché de la pureté attique.

Le tétramètre complet, qui est de huit pieds (142), n'existe pas dans le théâtre grec; les Latins, au contraire, en ont fait un fréquent usage.

La vieille comédie grecque a donné une large part au tétramètre catalectique ou septénaire (143); ce vers est également fort usité dans la comédie latine, mais toujours avec beaucoup de licences. Térence et Plaute le divisent en deux hémistiches, dont le premier, formé de deux dipodies, se termine par une syllabe longue ou brève à volonté, comme s'il formait un vers séparé.

NOTE **F**, p. 76.

ORIGINE ET USAGE DU VERS TROCHAÏQUE

Le mot trochée (τροχαῖος) qui signifie proprement vif et rapide comme le mouvement d'une roue (τροχός), est aussi appelé chorée, de χορός, chœur. Ce pied était fréquemment employé dans les airs de danse animés et dans les marches militaires. Il donna son nom au vers trochaïque, qui, comme le vers iambique, remonte au temps d'Archiloque.

Le monomètre, chez les Grecs, s'employait comme clausule d'un système[1]. — Le dimètre est assez fréquent dans le théâtre d'Eschyle, de Sophocle et d'Euripide; mais dans ce qui nous reste de poésies latines, il ne se voit que chez les auteurs de la décadence, chez Boëce[2], par exemple.

---

[1] Voyez ces mots *clausule* et *système* (*Prosodie*, nº 124.)

[2] *Boëce*, homme d'État, philosophe et poète, né à Rome vers 470, mort en 504.

Le trimètre, inusité en Grèce, ne se trouve chez les Latins que dans les ouvrages des grammairiens, tels que Terentianus Maurus[1], Marius Victorinus, Diomède.

Le tétramètre, que l'on ne rencontre ni dans les tragédies ni dans les comédies athéniennes, est familier à Térence et à Plaute, bien qu'il n'y conserve pas sa forme pure. Les formes catalectiques, brachycatalectiques et hypermètres de ces vers sont d'un usage fréquent; surtout le tétramètre catalectique ou septenaire est familier aux tragiques et aux comiques d'Athènes.

Pacuvius[3] l'employa dans ses tragédies et Lucilius[2] dans ses satires; Sénèque surtout l'emploie avec beaucoup d'art. Mais les comiques latins y introduisent les plus grandes libertés, au point de remplacer par un tribraque le trochée du septième pied, qu'on avait toujours regardé comme indispensable.

NOTE G, p. 79.

ORIGINE ET USAGE DU VERS ANAPESTIQUE

L'anapeste (ἀνάπαιστος) est ainsi nommé de ἀνὰ παίω, frapper à rebours. C'est le contraire du dactyle.

Le vers anapestique naquit vers la même époque où parurent pour la première fois les vers iambiques et les vers trochaïques, c'est-à-dire au VIIe siècle avant notre ère. On ne connaît pas son inventeur.

---

[1] *Terentianus Maurus,* vécut probablement dans le IIe siècle avant Jésus-Christ. Nous avons de lui un ouvrage intitulé: *Carmen de litteris, syllabis, pedibus et metris.* C'est un traité de versification latine écrit en vers.

[2] *Pacuvius,* poète tragique latin, neveu d'Ennius; 220-130 avant Jésus-Christ.

[3] *Lucilius,* satirique, né à Suessa Aurunca (Latium), l'an 148 avant Jésus-Christ, mort en 102.

Le vers anapestique monomètre fut, dès l'origine, destiné à servir de clausule. Chez les Latins, il entra, combiné avec d'autres vers, dans le corps d'un système.

Le monomètre hypermètre (deux pieds et une syllabe), ne se trouve que chez les grammairiens. Dans la tragédie grecque et dans le théâtre de Plaute et de Térence, la variété la plus commune du vers anapestique est le dimètre (4 pieds) : on ne le trouve guère que dans les dialogues où le chœur intervient. Le couplet anapestique est ordinairement terminé par un dimètre catalectique (trois anapestes ou équivalents et un trochée), quelquefois par un monomètre (deux pieds). Ce dernier peut aussi alterner avec les dimètres.

Les poètes ont évité les anapestiques purs. Sénèque, qui a conservé au dimètre toute sa sévérité, n'admet jamais le dactyle au deuxième rang.

Le tétramètre catalectique, appelé aristophanien, à cause de l'usage qu'en a fait Aristophane, était assez familier aux poètes comiques de la Grèce, mais il le fut moins plus tard à ceux de Rome.

NOTE **H**, p. 81.

ORIGINE ET USAGE DES VERS LYRIQUES

Il est vraisemblable que tous les vers furent d'abord chantés sur la lyre. Mais à partir du VIIe siècle avant J.-C., le nom de vers lyriques ne se donne plus qu'à ceux qui composaient les chœurs dramatiques et les odes. Ils étaient accompagnés de musique et de danse.

Les premiers poètes lyriques apparurent en Éolie et illustrèrent plus particulièrement Lesbos. Terpandre[1], le fondateur de la musique grecque, y était né; il avait ajouté trois cordes à la lyre, qui jusqu'alors n'en avait eu que quatre. Il composa des odes aujourd'hui perdues, et inventa aussi, dit-on, la scolie ou chanson de table.

Alcée[2], né à Mitylène, composa une ode dont Horace devait plus tard s'inspirer : il y compare la cité à un vaisseau battu par la tempête. Les autres compositions d'Alcée sont également pleines de belles conceptions et de nobles pensées. On lui doit la strophe alcaïque (159).

De nombreuses légendes nous parlent de Sapho[3], mais nous ne possédons que quelques-uns de ses vers. Cette femme poète créa le vers saphique, qu'elle combina avec le vers adonique, pour en faire une strophe pleine de grâce et d'harmonie (162).

De l'Éolie, la poésie lyrique passa chez les Doriens. Alcman, auteur du vers alcmanien (127), composa des pièces de vers qui devaient être chantées en chœur, et Stésichore[4] créa l'épode, composée de vers alternativement grands et petits. Les grands étaient ordinairement des iambes trimètres (131), et les petits des iambes dimètres (137).

L'Ionie fut représentée per Anacréon[5], qui donna son nom à l'ode anacréontique. Il a écrit, en ce genre, la *Colombe*, la *Rose*, l'*Amour mouillé*, etc., chefs-d'œuvre d'élégance simple et naïve.

Poète élégiaque, Simonide[6] de Céos chanta aussi des odes sur Marathon, Salamine, et sur les vainqueurs des jeux olympiques.

Mais, parmi tous les poètes lyriques de la Grèce,

---

[1] *Terpandre* naquit vers 675 avant Jésus-Christ.

[2] *Alcée*, viie siècle avant Jésus-Christ.

[3] *Sapho*, né à Mitylène, florissait vers 600 avant Jésus-Christ.

[4] *Alcman*, de Sardes, vers la fin du viie siècle avant Jésus-Christ. — *Stésichore*, d'Himère, en Sicile, né vers 632, mort vers 552.

[5] *Anacréon*, de Téos, né vers 560, et mort vers 475.

[6] *Simonide*, 556-467.

Pindare [1], né en Béotie, tient le premier rang. Ses magnifiques odes se divisent en olympiques, pythiques,
néméennes, isthmiques. Les vers de ce poète présentent
aux modernes de grandes difficultés. Ce sont des phrases
symétriquement modulées, en rapport avec le système
musical des Grecs. Le chant et la musique leur com-
muniquaient une harmonieuse cadence, qu'ils conservent, mais dans un degré notablement inférieur, à la
lecture.

Les chœurs des poètes tragiques, Eschyle, Sophocle,
Euripide, Aristophane, sont pleins de verve et d'enthousiasme. Ils suivent les rhythmes les plus divers,
soit dactyliques, soit iambiques, trochaïques ou anapestiques.

Plusieurs poètes latins ont imité, avec certaines modifications, les vers lyriques usités dans la Grèce. C'est
ce qu'on remarque dans les poèmes de Catulle intitulés :
l'*Hymne à Diane*, l'*Épithalame de Julie et de Manlius*, le
Chant nuptial.

Mais Horace surtout fit fleurir à Rome l'ancienne poésie lyrique; il s'appropria en particulier celle des poètes
éoliens, Alcée et Sapho, celle d'Asclépiade, qui vécut
presque à la même époque que ces derniers, et la mesure épodique que lui fournissait Archiloque. Il a porté
dans ces genres une heureuse variété : tantôt, à l'imitation des Grecs, il se fait admirer par un éclat de
style, une richesse de rhythme que la langue latine ne
semblait pas comporter; tantôt, suivant l'inspiration
directe de son génie, il déploie une grâce, une flexibilité
qui lui sont propres. On doit avouer toutefois qu'il
s'élève rarement à l'enthousiasme sublime de ses modèles.

Stace [2], dans quelques-uns des poèmes qui composent

---

1 *Pindare*, naquit vers 552, à Cynocéphales ou à Thèbes, en Béotie;
il mourut vers 442.

2 Nous avons déjà parlé de Stace (*Notice*, p. 140, n° 49).

le recueil des *Silves,* reprit à son tour les mètres lyriques. Dans quatre de ses pièces, on trouve le phaleuce hendécasyllabique (171), dans une seule la strophe alcaïque, et dans une autre la strophe saphique. Mais le souffle de la poésie lyrique se rencontre rarement dans ces différents ouvrages.

Remarquons en terminant que les Latins avaient essentiellement modifié la lyrique grecque en supprimant la musique et la danse, et ne gardant que la mesure du vers.

NOTE I, p. 92.

ORIGINE ET USAGE DU VERS SATURNIEN

Le vers saturnien paraît être le plus ancien vers dont les Latins aient fait usage. Il remontait, disait-on, à l'époque où Saturne régnait dans l'Italie, et de là lui serait venu son nom de *Saturnius versus.* Il domina jusqu'à ce que le poète Ennius [1] eût introduit à Rome le vers héroïque de la Grèce. Horace traite avec dédain cet ancien rhythme, et se plaint qu'il conserve encore de son temps quelques traces de son antique rusticité. Peut-être fait-il allusion au poète Varron, *Marcus Terentius Varro Atacinus,* né à Narbonne en 82 et mort en 37 avant J.-C., qui avait composé dans ce mètre quelques-unes de ses satires :

> Græcia capta ferum victorem cepit, et artes
> Intulit agresti Latio. Sic horridus ille
> Defluxit numerus *Saturnius,* et grave virus
> Munditiæ pepulere; sed in longum tamen ævum
> Manserunt, hodieque manent vestigia ruris.
>
> (Liv. II, *Ép.* ı, 156.)

On ne possède aujourd'hui que de très courts fragments des poésies saturniennes de Livius Andronicus et de Névius. Nous citerons une épitaphe de ce dernier qu'il s'était composée lui-même. Elle respire, dit Aulu-Gelle, tout l'orgueil d'un Campanien, *plenum campaniæ superbiæ carmen.*

> Immortales mortales flere si foret fas,
> Flerent divæ camenæ Nævium poetam.
> Itaque, postquam est Orcino traditus thesauro,
> Obliti Romæ loquier sunt latina lingua.

---

[1] *Ennius*, poète épique, tragique et satirique, né à Rudies, en Calabre, mort en 169. Voyez la *Notice*, 31.

EXERCICES PROSODIQUES

SUR

LES PRINCIPALES ESPÈCES DE VERS [1]

VERS HÉROÏQUES

1. *L'élève lira de vive voix un fragment tiré des Méta-morphoses d'Ovide ou des œuvres de Virgile. Il observera la quantité des syllabes. Il notera, dans la prononcia-tion de chaque mot, la syllabe affectée de l'accent to-nique* [2].

2. *L'élève scandera un fragment d'Ovide ou de Virgile, marquant par un silence la fin de chaque pied.*

3. *L'élève scandera un morceau de poésie héroïque en battant la mesure à deux temps; il marquera tour à tour l'arsis et la thésis par l'élévation et l'abaissement du doigt.*

4. *L'élève lira un passage de Virgile et signalera les règles de quantité qui y sont observées. Par exemple, étant donné le mot* **arma**, *il rappellera :* 1° *qu'une voyelle*

---

[1] Cette série d'*Exercices* préparera les travaux plus sérieux par lesquels on a coutume d'initier les jeunes gens aux compositions poétiques. Elle offrira un autre avantage. En effet, lorsque les élèves traduiront Homère, Sophocle, Euripide, Virgile, Térence, Plaute, Sénèque, etc., ils devront toujours reconnaître la nature des vers qu'ils auront sous les yeux et la manière de les scander. Or cette recherche sera surtout facile à ceux qui, par la pratique des *Exercices prosodiques*, de vive voix ou par écrit, se seront familiarisés avec les différents mètres usités chez les poètes grecs et latins.

[2] Il sera bon de répéter plusieurs fois chacun des exercices prélimi-naires 1-5.

suivie de deux consonnes dans le même mot est longue, ār ;
2° que la voyelle a est brève à la fin des mots, mă.

5. *En scandant une série de vers héroïques, l'élève in-*
diquera les coupes syllabiques qui partagent les mots
(Prosod., 71), et les césures qui divisent les vers. (107.) Il
signalera, en passant, les césures les plus belles et les plus
expressives.

6. *Scander ces vers d'Homère :*

Μῆνιν᾽ ἄειδε θεὰ, Πηληϊάδεω ᾽Αχιλῆος
οὐλομένην, ἣ μυρί᾽ ᾽Αχαιοῖς ἄλγε᾽ ἔθηκεν
πολλὰς δ᾽ ἰφθίμους ψυχὰς ῎Αϊδι προΐαψεν [1].

7. *Séparer les vers suivants :*

AD DEUM OPTIMUM MAXIMUM

Summe et sancte Deus, cœli terræque creator ! Tu sine
principio, pariter sine fine perennis, solus es atque idem,
nullique obnoxius ævo. Tu ratio et plenæ sapiens rationis
origo ! Tu vita et genitor vitæ lucisque profundæ ! Tu lux
vera Deus, tu rerum causa vigorque ! A te principium traxit
quodcumque repente ex nihilo emicuit, laudemque tibi omnia
reddunt.

8. *Même exercice.*

SOMNIA

Omnia quæ sensu volvuntur vota diurno, reddit amica
quies, teneris quum leniter alis delapsus, teneraque manu
tua lumina tangit, infunditque super lethæa papavera som-
nus. Venator molli thalamo quum membra reponit fessa la-
bore gravi, non mens ignava quiescit ; sed vigil ad nemorum
saltus festinat in armis. Judicibus lites redeunt ; auriga te-

---

[1] Μῆνιν (- ◡), ἄειδε (◡̄-◡), θεὰ (◡-), Πηληϊάδεω (- - ◡◡ ◡̄ -).
Dans ce mot l'ε se coule rapidement sans que la mesure en soit
ralentie, de sorte que δεω ne fait qu'une syllabe : c'est une synizèse,
nᵒ 14. — ᾽Αχιλῆος (◡ ◡ - ◡).
Οὐλομένην (- ◡◡ -), μυρία (◡ ◡ ◡), ᾽Αχαιοῖς (◡ - -), ἄλγεα
(- ◡ ◡) ἔθηκεν (◡ - ◡).
Πολλάς (- -), ἰφθίμους (- - -), ψυχάς (- -), ῎Αϊδι (• ◡ ◡ par
nature, et ◡ ◡ - par position), προΐαψεν (◡ ◡ - ◡).

moni dum sedet incumbens undantes flectit habenas, nocturnosque fatigat equos crepitante flagello. Prædari latro gaudet, spoliareque gestit auro ignaros, nummosque redux numerare sonantes; ridet ovans, plaudensque sibi, putat esse beatus. Ast egò musarum studio sub nocte silenti sollicitor, dulcis modulans mendacia versūs.

9. *Même exercice.*

TITYRUS AD AMICUM ABSENTEM

I

Ex quo, Daphni, meæ sprevisti culmina villæ, agrestes gemuere lares; in montibus ursi deformes gemuere; feræ lustra alta tenentes auditæ passim mœstis ululasse sub antris. Hæc olim læto resonabant carmine rura; pastores olim mulcebant aera cantu. Nunc circum silet omnis ager, nunc pascua muta; tristia deseruit tecum omnis rura voluptas.

II

Hic aderas, aderant et rustica numina, Fauni, et Nymphæ et Satyri ludebant littore nostro. Hinc abes, hinc absunt et rustica numina, Fauni, et Nymphæ et Satyri cesserunt littore nostro. Formosi tecum montes, formosaque prata; te sine deformes montes, deformia prata; non apibus flores horti, non sidera rorem sufficiunt,' gelidis fædantur et arva pruinis.

10. *Retourner les vers suivants.*

PRISCORUM ROMANORUM TEMPERANTIA

I

Quo ruis, vesane, licebit utrumque teneas
Oceanum; Lydia tibi laxet rutilos fontes,
Solium Crœsi Cyrique tiara jungantur,
Nunquam eris dives, quæstu numquam satiabere.
Quicumque cupit, semper inops. Honesto contentus   5
Parvo Fabricius, regum spernebat munera,
Gravique sudabat aratro Serranus consul,
Et pugnaces Curios angusta tegebat casa.

II

Hæc paupertas opulentior mihi : hæc mihi tecta
Tuis culminibus majora. Tibi quærit inanes   10

Cibos nocitura luxuries. Inemptas mihi donat
Terra dapes. Rapiunt tibi succos Tyrios vellera,
Et picturatæ vestes murice satiantur :
Hic flores radiant, et viva prati voluptas,
Ingenio suo variata. Illic fulgentibus   15
Toris strata surgunt : hic herba mollis panditur,
Non abruptura soporem curis sollicitum.

III

Lætas ædes ibi perstrepit turba salutantum :
Hic avium cantus, rivi labentis murmura.
Melius exiguo vivitur. Beatis natura   20
Esse dedit omnibus, si quis uti cognoverit.
Nota si hæc forent, cultu simplice frueremur :
Non fremerent classica : non iret stredula fraxinus;
Puppes ventus non quateret, non muros machina.

11. *Séparer et retourner les vers suivants.*

DE HIEME

Aspicis ut gelidi montes candescant vertice, rigeant exutæ
frondibus, laborentque densæ nivis mole silvæ, omnibus terris color unus; non jam trita semita viam peregrino mons-
trat, nec datur huic tuto campo figere vestigia. Terris hiems
aspera sævit, flumina jam diro stant gelu concreta, neque
liber ut solebat ante, Sēquănă convolvit in æquora fluctus
præcipites. Eia agite, juvat, o socii, largo levare igne·fri-
gora, et hibernas laudes dicere Vulcano.

12. *Même exercice.*

IN NERONEM

Ferus arce Tarpeia Nero vidit subsidere magnæ urbis
opes, flammis omnia populantibus. Unus erat clamantum dolor senumque juvenumque. At hic solus, nullo discrimine
rerum mœstus, oculos atque aures igne et ululatu pavit.

13. *Même exercice.*

IN STATUAM MAGNI CONDÆI, APUD CANTILIACOS [1]
HORTOS ERECTAM

Cujus ad aspectum amnes suspensis fluctibus tremuere at-
toniti, sui nunc in umbra ruris, amans pacis, dat in hortis
lætos fontes ludere.

---

[1] De Chantilly.

14. *Même exercice.*

IN LAUDEM VIRGILII , EJUSQUE UNIUS IMITATIONEM SUSCIPIENDAM

I

Os sacrum extulit certissima Phœbi soboles Virgilius, qui
mox, veterum situ squaloreque deterso, in melius arte mira
omnia rettulit, animum vocemque similis deo. Lilia date
plenis calathis, Pierides, alumnoque tanto assurgite. Hic
unus præstanti ingenio gentis Achivæ longe vates divinos
superavit et arte, aureus, sonans immortale. Stupet ipsa
pavetque, quamvis Homerum ingentem miretur, Græcia.

II

Haud alio tempore se tantum Latium jactat. Tum Ausoniæ
linguæ, quæ maxima potuit virtus esse, fuit; cœloque se ingens vexit gloria Italiæ; vatibus ultra sperare sit nefas. Mora
nulla, ex illo visa omnia ruere in pejus; animi degenerare,
atque res lapsa retro referri.

III

Ergo Maronem ipsum ante alios·animo venerare, atque
ipsum sequere, servaque ut potes vestigia. Qui si tibi forte
non unus omnia sufficit, natos eodem[1] quoque tempore illi
adde vates. Parce dehinc, puer, atque alios doceri ne
quære, nec tam dira te capiat discendi cupido. Erit tempus,
quum firma tibi mox ætas advenerit, ut reliquos impune
spectatum detur accedere.

15. *Expliquer les licences ou particularités de prosodie
qui se trouvent dans les vers suivants.*

Matri longa decem tulerunt[2] fastidia menses.

———

Stant et juniperi, et castaneæ hirsutæ.

———

Quam[3] Juno fertur terris magis omnibus unam
Posthabita coluisse Samo. Hic illius arma.

---

1 *Eodem*, en deux syllabes (Prosodie , 14.)
2 Voyez Prosodie, p. 29, note 2.
3 *Quam*. Urbem Carthaginem.

Et me Phœbus amat; Phæbo sua semper apud me   5
Munera sunt; lauri et suave rubens hyacinthus.

——

Victor apud rapidum Simoenta sub Ilio alto.

——

Olli[1] serva datur, operum haud ignara Minervæ.

——

Emicat Euryalus, et munere victor amici
Prima tenet.   10

——

Ille latus niveum molli fultus hyacintho.

——

Ter sunt conati imponere Pelio Ossam.

16. *Parmi les vers suivants, quels sont ceux que n'admet pas ordinairement la poésie héroïque? Pour quelle
raison?*

Credite, Pisones, isti tabulæ fore librum
Persimilem.

——

Non fumum ex fulgore, sed ex fumo dare lucem.

——

Millia frumenti tua triverit[2] area centum;
Non tuus hoc capiet venter plus quam meus; ut si   5
Reticulum panis, venales inter onusto
Forte vehas humero.

——

Restat ut his ego me ipse regam solerque elementis.

——

Fuscus Aristius occurrit mihi carus, Iollam
Qui pulchre nosset. Consistimus : Unde venis? et   10
Quo tendis? rogat et respondet. Vellere[3] cœpi.

DISTIQUES ÉLÉGIAQUES

17. *L'élève scandera les distiques suivants. Il marquera
tour à tour l'arsis et la thésis par l'élévation et l'abaisse-*

---

[1] *Olli.* Sergesto nempe *serva datur* in præmium. (*Æn.* V, 284.)
[2] *Triverit,* pour *etiamsi triverit.*
[3] *Vellere* Aristium vestibus.

*ment du doigt. Après la troisième et la sixième arsis du
vers pentamètre, il laissera retomber le doigt en silence.*

INSCRIPTIO FONTIS

Et gelidus fons est : et nulla salubrior unda :
 Et molli circum gramine terra viret :
Et ramis arcent soles frondentibus alni :
 Et levis in nullo gratior aura loco est,
Et medio Titan nunc ardentissimus axe est,   5
 Exustusque gravi sidere fervet ager.
Siste, viator, iter : nimio jam torridus æstu es :
 Jam nequeunt lassi longius ire pedes.
Accubitu languorem, æstum aura, umbraque virenti,
 Perspicuo poteris fonte levare sitim.   10

18. *Scander le distique suivant :*

 Ἐλπὶς ἐν ἀνθρώποισι μόνη θεὸς ἐσθλὴ ἔνεστιν ·
  Ἄλλοι δ᾿ Ὀλυμπόνδ᾿ ἐκπρολιπόντες ἔβαν [1].

19. *L'élève partagera les vers suivants :*

PAUPERES MORS ÆQUAT REGIBUS

In somnis hac nocte malo consumptus, humari pauper
ubi jacuit, me prope, visus eram ; quumque mihi talem
vicinum ferre nequirem, increpui duris nobilis umbra sonis :
Vile, facesse, caput ; putresce hinc longius a me ; non sic te
comitem convenit esse meum. — Vile caput! pauper respon-
dit voce superba ; quære alibi viles, vilis et ipse, tuos. Hic
tibi cedo nihil : mors omnes omnibus æquat. Tam mea nunc
sedes quam tua putre fimum.

20. *L'élève séparera et retournera les vers suivants :*

VITA MARI SIMILIS

I

Vita mare est, res metu plena, plena res tumultu utraque.
Credite, mortales, vita est mare.

---

1 Seule des divinités, l'Espérance habite parmi les hommes : les autres
ont quitté la terre et se sont réfugiées dans l'Olympe. — Ἐλπίς (- υ),
ἐν (υ), ἀνθρώποισι (- - - υ), μόνη (υ -), θεὸς (υ υ),ἐσθλη (- υ par
position, nᵒ 104), ἔνεστιν (υ - υ).
 Ἄλλοι (- -), Ὀλυμπόνδ᾿ (υ - -), ἐκπρολιπόντες (- υ υ - υ),
ἔβαν (υ ͝, *Prosodie,* 9).

Neutri fides tuta ; quot fluctibus surgunt aspera æquora,
tot causas habet illa timoris.

Æquor Syrtibus est infame saxisque latentibus : vita quoque infamis est scopulis suis.

Saxa maris scopuli : vitæ, cupido cuique sua ; quot mise-
ras rates perdidit ille scopulus!

II

Et fluit, et refluit, rapiturque et æstu volvitur, et in sola
mobilitate mare stabile est.

Unda nunc repetit littora, nunc deserit littora; occurrit-
que sibi, seque fugit reversa :

Æstuat et discors vita etiam sibi resistit, suosque per
æstus nosque nostraque rapit ; et modo quod prodest temere
horret et aversatur; et modo quod lædit, per damna sua petit.

Et gaudet, et dolet, timetque speratque; sibique cedit et
obsistit, ipsaque nescia est sui.

III

Est maris, est vitæ cursus anceps et metuendus; utraque
via publica naufragiis facta est.

Aspicis ut vexent æquora venti crudeles, ut illa pares
montibus undas tollant? Zephyris Euri concurrunt, Austri
Aquilonibus, in pelagoque cum pelagoque gerunt prælia :

Hæc vita quid aliud est nisi pugna tristris et aspera [1]! pace
caret pelagus, caretque pace vita. Si qua tamen est pax, illâ
nihil est incertius : Jam Boreas ratem, quam tulit ante,
franget.

21. *Séparer les vers suivants. Noter les césures* [3].

IN VIRGINEM AURELIANENSEM [2]

Inclyta sic oculos, sic ora virago ferebat, Gallorum eversas
dum repararet opes. Armatæ quod non acies potuere, fa-
ventis freta Dei auxilio præstitit illa manus. Libertas urbi,
regno lux redditur, Anglis exilium : tanti femina dux operis.

---

[1] Terminez ici le vers par ces mots : *pugna est.* Cette élision à la
dernière arsis est légitime. (*Prosod.,* 69, note 1, 3⁰.)

[2] Jeanne d'Arc.

[3] Tout vers élégiaque doit avoir la césure penthémimère (108, 1⁰). —
Ici, le dernier vers de cette mesure finit par un mot de trois syllabes.
Cette licence est rare; on l'admet lorsque l'arsis du dernier dactyle ne
laisse pas d'être affectée de l'accent tonique. (*Prosodie,* 7, *Remarque.*)
Or le monosyllabe *dux* est accentué. (188, **VI**).

22. *N'avez-vous pas quelques remarques à faire sur la métrique des vers suivants de Catulle?*

> Si quidquam cupido optantique obtigit unquam, et
> Insperanti, hoc est gratum animo proprie.
> Quis me uno vivit felicior? aut magis hac quid
> Optandum vita, dicere quis poterit?

RHYTHME IAMBIQUE

23. *L'élève donnera le nom spécifique[1] des iambiques qui composent les odes suivantes d'Horace, ou qui entrent dans ces odes[2].*

> Parentis olim si quis impia manu. (*Epod.* 3.)
> Horrida tempestas. (*Epod.* 10.)
> Altera jam teritur. (*Epod.* 11.)
> Jamjam efficaci do manus scientiæ. (*Epod.* 12.)
> Phœbus volentem. (L. IV. *Od.* 13.)

24. *L'élève scandera les iambiques suivants. Il indiquera le nom spécifique de chacun.*

AD PACEM

I

> Pax alma, dulce ubique nomen gentibus
>   Inter deos pulcherrima.
> Tu grata Musis, tu foro versantibus
>   Places, et urbi præsides.
> Tu merce transmarina opes parantibus   5
>   Voto invocaris publico.
> Te divites, te ubique pauperum greges
>   Laboriosi prædicant.
> Tibi viri, tibi pudicæ feminæ
>   Prægestientes supplicant.   10
> Tui senes, tui pueri amantissimi,

---

[1] Le nom spécifique d'un vers est celui qui désigne le nombre de ses mètres ou de ses pieds, comme dimètre, trimètre, sénaire, octonaire, etc.

[2] Il sera bon de faire cet exercice sur un plus grand nombre d'odes choisies dans Horace.

Tui omnis ætas appetens.
Tu si quid est mortalibus boni uspiam
Id una nobis comparas.

II

O Diva, ditissima bonorum una omnium,   15
  Quo te vocabo nomine?
Quibus decoris efferam præconiis?
  Dignum unde te verbum exprimam?
Opulenta, salve : jam recurre huc aurea,
  Et nos tuo vultu bea.   20

25. *Séparer les iambiques suivants et indiquer leur nom spécifique.*

IN ASCENTIONEM DOMINI

Opus peregisti tuum; te, Christe, victorem necis, æterna, quam reliqueras, cœlo reposcit gloria. Jam nube vectus fulgida terras jacentes despicis : educta longo carcere Regem sequuntur agmina. Mirante turma cœlitum, panduntur æternæ fores, ovansque sublimem Patris Homo Deus scandis thronum. Illinc adornas et foves Ecclesiam, sponsus tuam, cunctisque vitam dividis, infusa ceu mens artubus! Illinc tot inter prælia periclitantem sustines, das militanti vincere, palmam triumphanti paras.

26. *Méme exercice.*

IN SS. APOSTOLOS PETRUM ET PAULUM

Quos junxit unus, vita dum mansit, labor, quos una clarat morte palma Martyres, ambo sacrati principes exercitus cœlo receptos una vos colit dies. Vos angularis, cui subest Christus, lapis, fundatis Ædem : mystico vos corpori, cui præsidere gaudet augustum Caput, fulgere clara jussit ambo lumina.

27. *Séparer et retourner les vers suivants :*

IN EOSDEM SS. APOSTOLOS

Eminet in te, Petre, potestas clavium; te, Paule, irrigat scientiæ flumen : uterque pastor, et parens, et magister, judicesque olim destinati mundo. Carnis infirmitatem experti tamen, nostis luti fictilis testam caducam : et gratiam consecuti, clientibus quam pie poscunt opem ultro præstatis.

28. *Même exercice.*

IN SANCTOS MARTYRES

Quam vincla sunt hæc fortia quæ Deo ligant Martyres! O quam molesti corporis catenas rumpere vellent! Vix unum sufficit corpus; semel mori satis non est. Quot membra scissa, tot litant placentes Deo victimas!

29. *Scander les iambiques suivants. Faire connaître ceux qui, dans cette fable, doivent être considérés comme libres.*

ANICULA ET EJUS ANCILLÆ

I

Duas habebat anicula ancillas domi,
Easque ad cantum galli gallinacei,
Quem sibi ad id ipsum nutribat, quotidie
Ipsa excitabat, antequam lucesceret,
Ut facerent opus. At illæ motæ denique   5
Tam pertinacis tædio vigilantiæ,
Obtruncant gallum, sperantes, hoc mortuo,
Se posse somno longiore jam frui.

II

Sed mox earum spem fefellit exitus;
Hera namque, postquam gallus occisus fuit,   10
Jam surgere ipsas nocte intempesta jubet.
   Mortales aliquod evitare dum student
Leve malum, in aliud sæpe gravius incidunt.

30. *Scander les vers suivants :*

᾽Ω πάντα νωμῶν, Τειρεσία [1], διδακτά τε,
ἄῤῥητά τ᾽ οὐράνιά τε, καὶ χθονοστιβῆ.

RHYTHME TROCHAIQUE

31. *Scander les vers suivants. Indiquer leur nom spécifique. Marquer leur césure. — Ne peut-on pas les diviser en vers plus petits?*

---

[1] Τειρεσία (‐ ∪ ∪ ‐), Tirésias. — Διδακτά (∪ ‐ ∪), quæ doceri possunt. — ᾽Άῤῥητα (‐ ‐ ∪) quæ dici non possunt. — Οὐράνια (‐ ∪ ∪ ∪), cœlestia. — Χθονοστιβῆ (∪ ‐ ∪ ‐), terrestria.

Sic amas, ut quos amasti, Christe, nunquam deseras.
Ipse corpus das in escam ; tu propinas sanguinem ;
Jamque factus lactis instar, ne cibus nos opprimat.
Non ut olim monte sacro tu Deus nos territas ;
Inter ignes non minaris, hic amas mitescere.
Quam bonus prudensque celas hic tuam præsentiam !   5

32. *Scander ce vers grec et indiquer son nom spécifique.*

Εἰπέ μοι, τί δεινὰ φυσᾷς, αἱματηρὸν ὄμμ' ἔχων [1].

33. *Séparer les vers suivants soit en septénaires ou té-trametres catalectiques, soit en dimétres complets alter-nant avec des dimétres catalectiques.*

IN TEMPLA DEI VERI

I

Ecce sedes hic Tonantis, ecce cœli janua ! hic sacerdos,
ara, templum ; hic Deus fit hostia ; incruenta morte jugis hic
amor litat Deum.

II

Qualis ara, quanta sedes ipsius capax Dei ! Quem nec uni-
versa terra, omne nec cœlum capit, orbe parvo se coarctans,
hic latere sustinet.

VERS LYRIQUES

34. *Comment appelle-t-on les strophes des Odes d'Ho-race que nous allons désigner? Nommez chacun des vers qui entrent dans ces strophes. Scandez la première strophe de chacune* [2].

Persicos, odi, puer, apparatus. (L. I, *Ode* 32, édit. class.)
O Diva, gratum quæ regis Antium. (*Ibid.* 29.)
O fons Blandusiæ splendidior vitro. (L. III, 9.)
Divis orte bonis, optime Romulæ. (L. IV, 4.)
Sic te, diva potens Cypri. (L. I, 3.)

---

[1] Dis-moi, pourquoi respires-tu une colère terrible, ayant l'œil ensan-glanté ? — Τί (∪), φυσᾷς (− −), αἱματηρόν (− ∪ − ∪).

[2] Il est bon d'appliquer cet exercice à un plus grand nombre d'Odes choisies dans Horace.

Strophes alcaïques.

35. *Séparer et scander ces vers. Marquer leur césure.*

RHEMENSE VINUM ADDIT ANIMOS POETÆ

Huc te, Rhemensi nata solo, tui poscunt honores, nobilis
amphora : adesto Campanoque vires adde novas animos vati.
Men' gratus error ludit? an intimis gliscens medullis insi-
nuat calor? venisque conceptus sonantes se liquor in nume-
ros resolvit? (2 strophes.)

36. *Séparer et retourner les vers suivants :*

AD SANCTOS APOSTOLOS SPIRITU SANCTO IN PENTECOSTES
DIE AFFLATOS

Quo Magistri gloria vos, quo salus orbis invitat, sancta
cohors? novam legem portate; reposcit vos prima seges,
cura pia fratrum. Proh! messis quanta protinus exstitit! Ter
mille viri concipiunt verbum, maturanteque Deo reddunt mul-
tiplicem, terra bona, fructum. (2 strophes.)

37. *Même exercice.*

AD CLODOVÆUM A BEATO REMIGIO SACRO FONTE ABLUTUM

Ferox Sicamber, superbiam pone, dulci jugo Dei colla
submitte; nuper cremata nunc adora, simulacraque adure,
quæ colis. Pendens ab ore Præsulis, audiit intus loquentem
Deum jam docilis: regale pectus tot sacrarum rerum gravi-
tate concutitur. Tum ponit sceptra; se quoque regiis vestibus exuit Christo induendus : descendit piandus in sanctos
fontes quos Deus ipse habitat. (3 strophes.)

38. *Même exercice.*

IN MARIAM IMMACULATAM

I

Deus, fons unus bonorum omnium, quam liberali manu
fundis opes! Mariam non ante concessis quot properas donis
cumulare!

II

Clauditur, ceu rosa, rigentes inter spinas, et vincit acres
aculeos; amaram virulenti fruticis præsens gratia vim retun-

dit. Quantum pudicas virgines inclyta præstat, quæ dominam remoto gradu sequuntur, et Regis parentem aulā stiereā comitantur.

III

Nec par decus Angelorum! hi Deo sedenti adstant; fert Deum hominem Maria, dulce matris nomen honori virgineo socians. Virgo, regina mundi, clientium tutela, mœstis reis perfugium, fer nostra vota Nato : tristem repulsam genitrix non patitur.

IV

Sit perpetuum decus Trinitati, quæ miserans inflicta mundo mala, in matre pignus nascituri Christi dat habere non dubium.

39. *Scander ce vers alcaïque.*

Οὐ χρὴ κακοῖσιν θυμὸν ἐπιτρέπειν [1].

•

Strophes saphiques.

40. *Séparer et scander ces vers :*

AD VALETUDINEM

Diva, funestis inimica Morbis, cui vigor mentis, solidumque robur, et Joci dulces, animique semper gaudia cordi : quam colunt sancte juvenes senesque, quam sibi cuncti cupiunt suisque : nam simul cœtus hominum caducos alma revisis, ilicet Morbi fugiunt protervi, occidit Febris truculenta, dirus occidit Pallor, fera Mors profundo exsulat Orco. (3 strophes.)

41. *Scander cette strophe.*

Χαῖρέ μοι, Ῥώμα, θυγάτηρ Ἄρηος
Χρυσεομίτρα, δαΐφρων ἄνασσα,
Σεμνὸν ἃ καίεις ἐπὶ γᾶς Ὄλυμπον
Αἰὲν ἄθραυστον [2].

---

[1] Traduisez : Il ne faut pas tourner son esprit au mal. Κακοῖσιν (υ - -), θυμὸν (- υ), ἐπιτρέπειν (υ - υ υ). La dernière syllabe de ἐπιτρέπειν est longue de sa nature, mais abrégée à la fin du vers.

[2] Salut, ô Rome, fille de Mars, qui portez une mitre d'or; princesse guerrière, qui habitez sur la terre un Olympe toujours à l'abri de tous les coups. — Ῥώμα (- -), θυγάτηρ (υ υ -) Ἄρηος (υ - υ) — Χρυ-

42. *Séparer et retourner les vers suivants :*

LINGUÆ TELIS MAGIS PATERE VIROS PRINCIPES

I

Indicis frustra lapillis nitidum velat augustam frontem diadema, et latus stricta truculentus ambit miles cuspide. Inter regios titulos et aulæ adulantis plausum tibi lingua cæcum vulnus destinat, famamque tacito ictu lancinat.

II

Exiles Penates Davus humilis tuto violet moribus scelestis. Obscurum nomen superba renuit lingua tangere. In magnos sævit : vetat inultas esse culpas Cæsarum, nocentes sequitur censor publicus, plectitque gravius nobile crimen.

43. *Même exercice.*

AFFECTUS FRANCISCI SALESII JUVENIS ANXIO ÆTERNI EXITUS
METU CRUCIATI

I

Quid tuam faciem turbat, O Salesi? unde pallor tam tristi ● sedet ore ? Terret te Deus; terror ille tibi salutis causa. Noctis æternæ ignes meditatus, male credis te Orco reservatum! Mentem Dira sors redimenda nullis fletibus angit. Styge damnatus ergo[1], tam benigni Numinis purum intueri jubar, nec choris, inquis, supernis potero voces jungere!

II

Dum spiro tamen, Christe, lingua ista canet te semper, ævi brevioris damna pensabit æstuanti magis amore pectus. Sic vanos timores abigit amor; jamque dubiæ securus salutis, meliore flamma lætus infernos ignes obruit. Ne morte functi atra subeamus regna, viventes ultro penetremus; territent sontes diris patefacta pœnis tartara.

44. *Remarquez-vous dans un vers de la strophe sui-*

σεομίτρα (– υ – – –), δαΐφρων (υ υ –). — Dans le mot composé Κρυσεομίτρα, le μ initial de la seconde partie du mot se redouble dans la prononciation ; et ainsi l'o qui précède le μ se trouve allongé. Cette liberté dérive du principe que nous avons émis au nᵒ 103 de notre Prosodie.

[1] Ergo (– ◡). Note *A*, p. 147.

vante, une 'particularité qui ne se rencontre pas dans Horace [1] *?*

Olium, Catulle, tibi molestum est,
Otio exsultas nimiumque gestis
Otium et reges prius, et beatas
Perdidit urbes.

Strophes asclépiades.

45. *Séparez et scandez les vers suivants. (Le quatrième est un glyconique.)*

IN MORTEM BEATÆ CÆCILIÆ

I

Anceps carnificis dum trepidat manus, incertoque caput vulnere percutit, ter percussa, sua de nece fortior, ter virgo meruit mori. Non oblata semel se vovet hostia, longo supplicii tempore multiplex : sese morte probat, quæ quoties cadit expirans toties litat. Manat vulneribus virgineus cruor, admota trepidi sindone quem legunt, ut discant pugiles tincta cruoribus non horrescere funera.

II

O fumantis adhuc purpura sanguinis! hac induta magis Virginitas nitet. Non sic gemmiferis candida virgines ornant colla monilibus. Sancti, dum moritur, propositi tenax, firmat christiadas, dedocet impios; jam visura Deum tres animosior Christi præco docet dies.

46. *Séparez et scandez les vers suivants. (Le troisième est un phérécratien, et le quatrième un glyconique.)*

AD CIVES SUPERNÆ HIEROSOLYMÆ

Quando mens, misero libera carcere, se vestris sociam cœtibus inseret, et, caligine pulsa, cœli lucem habitabimus! Obscuræ fugient mentis imagines, quum stantes propius luminis ad jubar, nos verum sine nube ipso in fonte videbimus!

---

1 Voyez la Prosodie, n° 162, note 3.

47. *Séparez et retournez les vers suivants (Le quatrième est un glyconique.*

MONS MARTYRUM [1] IN QUO PASSUS EST S. DIONYSIUS

I

Urbi qui dominæ Mons imminet sacer; fuso Martyrum sanguine fumat adhuc; pii cives, ite; tot loca visite [2] sanctis funeris conscia. O tenebræ dulces! carcer amabilis! o nox die purpureo splendidior! O lapides sacri! O bona vincula, quæ decorat fusus cruor!

II

Dies atque noctes ad Patrum tumulos virgines rutila ornatæ lampade implent hæc loca perpetuis cantibus, et Sponso simul excubant. Posthac iter montis asperum non erit, ex quo magnanimi, gradu non timido, jugum conscendĕre, caput pro Domino ponere læti martyres. Quæ olim sub specubus latuit fides, nunc palam se fassa, non amplius timet; non tenebras quærit : in arduis gaudet montibus sese prodere.

48. *Même exercice.*

SANCTO BRUNONI, CARTHUSIANORUM INSTITUTORI

Qui procul strepitu magnarum urbium, sese montibus Carthusiis abdidit, sit fas e latebris eque silentio cantibus festis prodere. Ut opes æternas vi rapiat, suas forti pectore despiciens deserit : juvenem non amplius movet doctarum frontium gloria, laurus. Nam quo fugis, Brūnŏ? invia solibus in deserta quis sacer impetus rapit? Cogitas uno Deo teste vivere, uno Deo teste mori.

49. *Séparez et retournez les vers suivants. (Le troisième est un phérécratien et le quatrième un glyconique).*

ROSÆ MARTYRUM ET VIRGINUM LILIA

Martyres fuso sanguine purpurei, et Virgines pectore puro niveæ fundunt Agno candida lilia rubris cum rosis.

---

[1] Montmartre.
[2] De *viso, is.*

FIN

TABLE DES MATIÈRES

—o❄o—

APPENDICE

SUR

LES HYMNES ET LES PROSES EN USAGE DANS L'ÉGLISE

NOTICE

SUR

L'ORIGINE ET LES PRINCIPALES PHASES DU VERS HÉROIQUE SOIT CONTINU, SOIT COMBINÉ AVEC LE VERS ÉLÉGIAQUE

NOTES

SUR LA PROSODIE LATINE

EXERCICES PROSODIQUES

SUR LES PRINCIPALES ESPÈCES DE VERS

TABLE ALPHABÉTIQUE

(Les chiffres indiquent les numéros.)

—⟨⟩—

FIN DES TABLES

15073. — Tours, impr. Mame.

www.ingramcontent.com/pod-product-compliance
Lightning Source LLC
Chambersburg PA
CBHW051827020726
47502CB00005B/1660